1

Dans le bus qui m'emmenait vers ma nouvelle vie, je gardai les yeux fixés sur mon ticket, relisant inlassablement mon nom.

Bientôt, les larmes me montèrent aux yeux. Les caractères devinrent flous. « Aussi flous que mon avenir », pensai-je tristement. L'existence gaie et insouciante qui était la mienne un mois auparavant me semblait déjà un lointain souvenir.

Je m'appelle Heidi Davidson, j'ai grandi à Springfield, et mes douze premières années furent pleinement heureuses.

Mon bonheur a brutalement pris fin le jour où mes parents ont disparu dans un accident de voiture. En quelques instants, mon existence a été bouleversée. Je passais des jours et des nuits à pleurer. Je me demandais pourquoi un tel malheur m'était arrivé. Parfois la colère s'emparait de moi et j'en voulais à mes parents de m'avoir laissée seule. Où irais-je vivre ? Que deviendrais-je ?

Ma famille n'étant pas très grande, il fut décidé que j'irais habiter chez mon unique oncle, le docteur Jekyll Palmer. Depuis son divorce, il vivait avec sa fille, ma cousine Marianna, dans l'État du Vermont. C'est un scientifique. Mais j'ignorais quelle était sa spécialité.

Mes parents et moi n'étions allés chez mon oncle qu'une seule fois. J'avais cinq ans à l'époque. J'ai du mal à me souvenir avec précision de cette visite, mais certains détails restent gravés dans ma mémoire, comme l'immense manoir d'Oncle Jekyll, une vieille demeure lugubre. Ou encore son laboratoire encombré d'appareils électriques et de récipients remplis de produits chimiques.

Je me rappelle son visage sévère, sa peau presque transparente, ses os saillants, ses yeux gris et froids. Je me souviens surtout de l'instant où il avait refermé ses longues mains sur mes épaules pour me guider hors de son laboratoire. Avec douceur mais fermeté.

– Ce n'est pas un endroit pour toi, Heidi, m'avait-il dit d'une voix étrange.

Au moment où il me conduisait vers la porte de son antre, j'avais levé vers lui mon visage rond de petite fille et lui avais demandé :

– C'est toi, Frankenstein ?

Il s'était mis à rire bruyamment, d'un rire étranglé qui résonne encore dans mon esprit. Puis il avait raconté l'anecdote à mes parents, qui avaient ri à leur tour.

Ma cousine Marianna, elle, n'avait manifesté aucune réaction. Elle aussi avait cinq ans. Elle était timide et ne parlait presque jamais. Elle avait de grands yeux noisette et des boucles brunes tombant en cascade sur les épaules. Avec mes cheveux châtain clair raides comme des baguettes et mes yeux verts, je me sentais vraiment terne à côté d'elle.

Marianna avait passé peu de temps avec nous. Elle était restée dans sa chambre pendant une bonne partie de la journée. Lorsqu'elle nous avait rejoints, elle m'avait regardée fixement. J'avais eu le sentiment qu'elle m'observait comme si j'étais un animal étrange. Pourquoi ne m'avait-elle pas adressé la parole ? Ne m'appréciait-elle pas ?

C'étaient quelques-unes des questions qui trottaient dans mon esprit alors que le bus filait sur l'étroite route du Vermont me conduisant chez mon oncle.

Des rayons de soleil dorés filtraient à travers les rangées de sapins géants couverts de neige. La route, quasiment déserte, serpentait au cœur d'un paysage grandiose.

« J'espère que je m'ennuierai pas trop chez Oncle Jekyll... », pensai-je en laissant échapper un soupir. Le bus prit un virage serré. La manœuvre brutale faillit éjecter une vieille dame de son siège. Elle et moi étions les uniques passagères du véhicule.

Derrière le rideau formé par les arbres, j'aperçus un petit ruisseau qui courait le long de la route. Le visage appuyé contre la vitre, je contemplai sa surface gelée qui scintillait dans la lumière. Bercée par le vrombissement du moteur, je m'assoupis sans y prendre garde.

Je m'éveillai pour m'apercevoir que le bus avait cessé de rouler. Je regardai autour de moi et constatai avec stupéfaction que la vieille femme s'était volatilisée !

Le chauffeur, un gros homme en sueur, se tourna vers moi.

– Sheperd Falls, claironna-t-il. Tout le monde descend.

« Tout le monde descend ? Quelle drôle d'expression, pensai-je. Je suis la seule à bord ! »

J'enfilai ma parka bleue, retirai mon sac à dos du compartiment à bagages situé au-dessus de ma tête et me dirigeai vers la sortie, à l'avant du bus.

– Quelqu'un vient vous chercher ? me demanda le conducteur au moment où je passais à sa hauteur.

– Mon oncle, répondis-je.

Il me regarda en plissant les yeux :

– Pas d'autres bagages ?

– Je les ai fait venir il y a quelques jours.

Je le remerciai et sortis dans l'air glacial.

Je m'avançai sur le parking. Aucune voiture n'y était garée.

À quelques dizaines de mètres de moi s'élevait le bâtiment de la gare routière. C'était une minuscule cabane surmontée d'une petite enseigne blanche. Un panneau placé au-dessus de l'étroite porte d'entrée en verre indiquait : Porte n° 1. Je laissai échapper un petit ricanement. Le bâtiment semblait bien trop petit pour être doté d'une porte n° 2.

Hissant mon sac sur l'une de mes épaules, je me dirigeai vers la cabane. Tout en marchant, j'essayai d'étirer mon dos et mes jambes endoloris par le voyage.

– Oncle Jekyll ? appelai-je en poussant la porte.

J'étais persuadée qu'il m'attendrait à l'intérieur. Mais, à ma grande surprise, je constatai que l'endroit était désert.

Mon cœur se mit à battre sourdement dans ma poitrine ; mes mains devinrent moites. Je devais lutter contre la panique. « Qui ne se sentirait pas nerveux au moment d'entamer une nouvelle existence auprès de personnes presque inconnues à des centaines de kilomètres de chez lui ? » me dis-je pour me rassurer. Le guichet de vente des billets, sur le mur opposé, était fermé. Deux grands bancs de bois trônaient au centre de la pièce. Un journal gisait sur le sol.

Je ne comprenais pas ce qui se passait. J'avais pourtant averti Oncle Jekyll de mon arrivée. Pourquoi n'était-il pas venu m'accueillir ?

La poussière suspendue dans l'air immobile de la gare me fit soudain tousser. Le bruit de mes quintes de toux résonna dans la pièce vide.

L'angoisse finit par me submerger.

Je me précipitai à l'extérieur. J'espérais apercevoir la voiture d'Oncle Jekyll venant à ma rencontre. Mais il n'y avait toujours personne.

– Je n'arrive pas à y croire ! dis-je entre mes dents. Mettant la main en visière pour protéger mes yeux du soleil, je scrutai les environs. Sur le côté du bâtiment, je découvris une cabine téléphonique.

Appeler mon oncle ! Voilà ce qu'il fallait faire ! Je glissai une pièce dans l'appareil et composai le numéro des renseignements.

– Je souhaiterais connaître le numéro de téléphone du docteur Jekyll Palmer, dis-je à l'opératrice avant de lui épeler le nom de mon oncle.

J'entendis le cliquetis des touches d'un clavier d'ordinateur.

– Je suis désolée, m'annonça-t-elle après un moment. Ce numéro est sur liste rouge. Il ne peut pas vous être communiqué.

– Mais je suis la nièce du docteur Palmer ! protestai-je.

Je constatai avec surprise que j'avais prononcé cette phrase sur un ton strident. Ma voix trahissait la peur qui m'habitait.

– Nous ne sommes pas autorisés à transmettre ce genre de numéro, répondit l'opératrice d'une voix douce. Je suis vraiment désolée.

« Pas autant que moi », pensai-je avec amertume. Je raccrochai. Une ombre passa sur moi. Je sursautai violemment. Mais ce n'était qu'un oiseau, un merle volant bas au-dessus de la gare. Je le regardai se poser sur la petite palissade derrière le bâtiment. Il agita les ailes, puis inclina la tête et riva ses yeux sur moi.

Une nouvelle fois, je balayai du regard l'étendue vide du parking.

– Mais où est-il ? m'exclamai-je.

– Où est qui ? demanda alors une voix derrière moi.

2

Je me retournai brusquement et découvris un garçon brun qui devait avoir mon âge. Il portait une veste marron, un pull de ski et des jeans larges.

– Dieu merci ! m'écriai-je. Je croyais que c'était l'oiseau !

Le garçon me décocha un regard étonné :

– Pardon ?

Je pointai mon doigt vers la palissade. Mais le merle avait disparu. Je me sentis soudain rougir jusqu'à la racine des cheveux.

– Il y avait un oiseau posé sur la barrière. J'ai cru que c'était lui qui me parlait…

À peine avais-je fini ma phrase que je réalisai que je ne faisais qu'aggraver mon cas.

Une bourrasque de vent agita la chevelure touffue du garçon. Un grand sourire illumina son visage.

– Il y a beaucoup d'oiseaux parleurs par ici. C'est la spécialité de la région.

Nous éclatâmes tous deux de rire. Je commençai à me sentir un peu mieux.

– Tu attends quelqu'un ? me demanda le garçon.

– Mon oncle devait venir me chercher, répondis-je, et il n'est pas là.

– Tu es arrivée en bus ?

Il jeta un regard derrière moi, à la recherche de valises.

– Je viens de Springfield, lui dis-je. Je m'appelle Heidi Davidson.

Je ne me sentais pas la force de me lancer dans des explications. Par chance, le garçon profita de mon silence pour se présenter à son tour. Il s'appelait Greg Freidus, et il était plutôt mignon.

Une autre rafale de vent souffla dans les branches de sapins, soulevant dans les airs des volutes de flocons irisés.

– Tu ne devrais pas être en cours ? demandai-je tout en rabattant la capuche de ma parka sur ma tête.

– Ce sont les vacances d'hiver, me répondit Greg en donnant un coup de pied dans une motte de neige.

– Tu attends un bus, alors ? poursuivis-je.

Le garçon se mit à rire :

– Il me faudrait de la patience ! Il n'en passe que deux par semaine.

Il désigna la gare de son doigt pointé.

– Ma mère s'occupe du snack-bar, à l'arrière du bâtiment. J'attends qu'elle finisse sa journée de travail.

Je lançai un regard par-dessus son épaule dans l'espoir d'apercevoir enfin la voiture d'Oncle Jekyll. Mais la voie était déserte. Aucun véhicule n'y était passé depuis mon arrivée.

Le soleil disparut derrière un nuage.

– Je commence à croire que mon oncle m'a bel et bien oubliée, dis-je en fronçant les sourcils. Tu sais comment je peux aller jusque chez lui ?

– Qui est ton oncle ? demanda Greg.

– Le docteur Jekyll Palmer.

Le garçon poussa un cri de surprise. Ses yeux sombres s'écarquillèrent :

– Heidi ! Mais… c'est un monstre !

3

J'éclatai de rire. Greg avait l'air si drôle avec sa bouche grande ouverte et ses yeux exorbités ! Il semblait tout droit sorti d'une bande dessinée.

– Arrête de me taquiner ! dis-je.

– Mais le docteur Jekyll…, bafouilla Greg.

– Je sais, je sais. Docteur Jekyll et Mister Hyde, poursuivis-je en secouant la tête. Le docteur Jekyll avait mis au point une potion. Après l'avoir bue, il se transformait en Mister Hyde, un monstre sanguinaire. Tout le monde connaît cette histoire.

– Mais, Heidi…, protesta Greg.

– Ce n'est qu'une histoire, Greg, insistai-je.

– Tu ne comprends pas ! hurla le garçon.

Je reculai d'un pas, stupéfaite par la violence de sa réaction.

– Je ne plaisante pas ! poursuivit-il tout en cherchant à calmer sa respiration haletante. Une créature a attaqué le village…

– Elle ressemblait à Godzilla ? l'interrompis-je.

L'expression blessée qui se peignit sur le visage de Greg me fit regretter ma boutade.

Le soleil restait caché derrière les nuages. La route enneigée avait revêtu une couleur grise, et de grandes ombres se déployaient sur le parking.

J'eus soudain l'étrange impression d'être plongée dans un vieux film en noir et blanc.

– Cette bête détruit tout sur son passage, poursuivit le garçon. Elle a déjà blessé plusieurs personnes.

– Mais en quoi cela concerne-t-il mon oncle ?

– Son prénom est Jekyll, Heidi. La plupart des habitants de Sheperd Falls sont persuadés qu'il est responsable de tout ça.

– Quoi ? m'écriai-je. Tu veux me faire croire que mon oncle, comme le docteur Jekyll dont parle l'histoire, peut se transformer en bête terrifiante ?

– Oui, me répondit Greg avec agitation. Il pourrait aussi avoir donné vie à cette créature. Peut-être qu'il est l'arrière-arrière-petit-fils du vrai docteur Jekyll...

– Assez ! hurlai-je. Tu te moques de moi parce que je suis nouvelle ici. Mais je ne vais pas tomber dans le panneau.

– Tu peux me croire, Heidi, insista-t-il. Ce monstre existe vraiment. Tout le monde ici a peur de sortir après la tombée de la nuit. Les villageois veulent que ton oncle soit arrêté. Malheureusement, la police manque de preuves.

J'examinai son visage avec attention. Il avait l'air sincère lorsqu'il évoquait cette histoire de créature monstrueuse. Mais j'étais sûre qu'il ne s'agissait que d'une blague. Il ne pouvait pas en être autrement.

Un frisson courut le long de mon dos.

– Il faut que j'aille chez Oncle Jekyll, dis-je en poussant un soupir de résignation. Est-ce qu'il y a des taxis ?

– Non, mais tu peux y aller à pied. Ce n'est qu'à une vingtaine de minutes de marche.

Greg me montra la route :

– Tu n'as qu'à suivre ce chemin. Il te conduira au sommet de la colline. C'est là que se trouve la maison de ton oncle. Tu ne pourras pas la manquer. Elle ressemble à un manoir hanté.

– Je sais. Je m'en souviens, dis-je. Tu veux bien m'accompagner ?

Greg baissa subitement les yeux vers le sol.

– Je… je ne peux pas, dit-il dans un murmure.

Puis il m'attrapa le bras et me regarda d'un air implorant.

– Tu me comprends, Heidi, n'est ce pas ? Je ne veux pas mourir.

4

J'étais persuadée que toute cette histoire n'était qu'une plaisanterie. Pourtant, je ne m'expliquais pas la peur intense que je lisais dans le regard de Greg. Comment faisait-il pour jouer aussi bien la comédie ?

– Peut-être que l'on se reverra bientôt, au village ou à l'école, dis-je.

– Ouais. À un de ces jours !

Il me tourna le dos et se mit à courir en direction de la gare. Il me jeta un dernier regard avant de disparaître derrière le bâtiment.

« Il est probablement pressé d'aller raconter à sa mère comment il s'est payé la tête de la nouvelle venue au village, pensai-je. Ils doivent bien rire de moi en ce moment. »

Je pris une profonde inspiration et resserrai la capuche autour de mon visage. Après avoir ajusté mon sac sur mes épaules, je me mis en route.

L'après-midi avançait, et la lumière commençait à baisser.

– Quelle journée affreuse ! murmurai-je. Oncle Jekyll n'a pas montré le bout de son nez, puis ce garçon a voulu me terrifier avec une blague stupide. Et, pour finir, je dois marcher pendant vingt minutes dans ce froid glacial.

L'étroite route qui menait vers la colline traversait le village. En cheminant dans Sheperd Falls, je découvris un salon de coiffure, une épicerie, un minuscule bureau de poste avec un drapeau flottant au vent au-dessus de sa porte d'entrée et une armurerie avec un étalage de carabines de chasse dans la vitrine. Les habitations se résumaient à quelques pâtés de maisons.

Un peu plus loin, j'aperçus une petite rue enneigée bordée de maisonnettes alignées. Je me demandai si Greg vivait dans l'une d'elles.

Le vent soufflait violemment. Courbée pour affronter les bourrasques, je poursuivis mon chemin vers le sommet de la colline. Au fur et à mesure que je m'éloignais du village, la végétation se faisait plus dense. Les branches des arbres, agitées par le vent, gémissaient dans la tourmente. À chaque pas, j'entendais de petits animaux, écureuils ou ratons laveurs, détaler sur mon passage.

La route dessina bientôt une courbe serrée. Depuis que j'avais quitté la gare, je n'avais pas croisé une seule personne, ni vu la moindre voiture.

Je continuai à marcher, mon sac à dos sautillant sur mes épaules. Soudain, la maison d'Oncle Jekyll apparut devant mes yeux.

La surprise m'arracha un cri. L'énorme demeure de pierre ressemblait réellement à un manoir de film d'horreur.

Ma gorge se serra. C'était là ma nouvelle maison. Les yeux rivés sur elle, luttant pour ne pas céder au désespoir, je me remis à gravir péniblement la colline escarpée. Mes chaussures dérapaient sans cesse sur la neige verglacée. Le vent, qui soufflait en tourbillons, devenait de plus en plus violent.

J'y arrivai enfin. Je m'avançai dans l'ombre de l'édifice et m'approchai lentement des marches de pierre qui conduisaient à une grande porte en bois noir. Le corps agité de tremblements, j'appuyai sur la sonnette.

Pourquoi frissonnais-je ainsi des pieds à la tête ? À cause de la température ? Ou bien de la peur ?

J'actionnai de nouveau la sonnette et attendis pendant un temps qui me sembla interminable.

Enfin, la porte s'ouvrit avec un grincement lugubre. Une tête apparut. Celle d'une fille au visage adorable encadré de longues boucles brunes.

Marianna !

– Salut, commençai-je.

Mais je n'eus pas le temps de poursuivre.

– Va-t'en d'ici ! murmura-t-elle. Pars tant que tu le peux encore !

5

– Quoi ? m'exclamai-je, le souffle court.

Ma surprise était si grande que je manquai de tomber en arrière sur les marches de pierre.

Marianna me regardait intensément. Elle ouvrit la bouche pour me dire quelque chose, mais s'arrêta net.

Elle se tourna vers l'intérieur de la demeure. Une domestique vêtue d'un uniforme noir et d'un tablier blanc apparut près d'elle.

– Voici ma cousine Heidi, expliqua Marianna à la jeune femme.

– Eh bien, tu ne veux pas la laisser entrer ? dit la nouvelle venue en riant.

Marianna me jeta un regard noir, dans lequel je crus lire un nouvel avertissement. Puis son visage redevint brusquement inexpressif. Elle ouvrit en grand la lourde porte et me fit signe d'avancer.

– Voici Sylvia, dit Marianna en désignant la domestique.

– Tes valises sont arrivées hier, m'annonça Sylvia. Tu es venue à pied de la gare ?

J'acquiesçai d'un signe de tête. J'abaissai ma capuche et retirai ma parka.

– J'avais pourtant rappelé ce matin à papa que tu arrivais, dit Marianna en secouant la tête. Il a dû oublier.

Sylvia prit ma veste et s'éclipsa, nous laissant seules dans l'entrée sinistre. Au-dessus de nos têtes, un grand lustre en verre dispensait un pâle éclairage. Les murs étaient recouverts d'un triste papier peint vert foncé.

L'endroit faisait froid dans le dos. Heureusement, une délicate odeur de viande rôtie emplissait la pièce.

Je regardai Marianna à la dérobée. Elle était mince et me dépassait d'au moins quinze centimètres. Ses boucles brunes retombaient sur son gros pull de laine rouge et blanc. Elle portait un caleçon noir, qui la faisait paraître encore plus grande.

Une fois de plus, même si sept années s'étaient écoulées depuis ma visite, je me sentais un peu nulle à côté d'elle. Elle croisa les bras sur sa poitrine et me guida jusqu'à un grand salon.

Un feu crépitait dans une cheminée de pierre située à l'extrémité de la pièce. Des meubles tendus de cuir brun étaient disposés devant le foyer et d'imposants tableaux représentant des montagnes enneigées recouvraient entièrement l'un des murs. Les rideaux qui encadraient la fenêtre n'avaient été ouverts qu'à moitié. Seul un mince rectangle de lumière pénétrait dans la pièce.

– Comment vas-tu ? demandai-je à ma cousine avec un entrain forcé.

– Ça va, me répondit-elle, impassible, les bras toujours fermement croisés sur sa poitrine.

– Et Oncle Jekyll ? demandai-je.

– Très bien, j'imagine, ajouta-t-elle en haussant les épaules. Il travaille dans son laboratoire. Il est très occupé.

Je me sentais mal à l'aise. Marianna ne se montrait pas très accueillante. Était-elle timide… ou mécontente de ma présence ?

Elle me tourna le dos et regarda par la fenêtre. Je poursuivis mes efforts pour relancer la conversation.

– Ne faut-il pas que je prévienne Oncle Jekyll de mon arrivée ? m'inquiétai-je.

Marianna ne répondit pas.

Après plusieurs minutes, elle décroisa enfin les bras et se tourna vers moi. Sur son visage se peignait la plus glaciale des expressions.

– Tu veux voir ta chambre ? lança-t-elle.

– Oui ! répondis-je avec enthousiasme.

Je la suivis vers l'escalier. Tout en grimpant les marches, je tentais de comprendre son attitude.

« C'est peut-être parce qu'elle me connaît à peine », me dis-je.

– Je… j'espère que nous serons comme des sœurs, lâchai-je.

Elle s'arrêta au beau milieu de l'escalier et se tourna pour me faire face :

– Des sœurs ?

– Eh bien… oui, répondis-je, le cœur battant soudain plus vite. Je sais que tout cela doit être difficile pour toi…

Elle ricana :

– Difficile ? Mais tu ne sais rien du tout, ma pauvre Heidi !

– Que veux-tu dire ? Explique-moi.

En guise de réponse, elle se contenta de rejeter ses boucles brunes en arrière et poursuivit son chemin jusqu'au deuxième étage.

Nous pénétrâmes dans un couloir immense faiblement éclairé par des appliques murales en forme de torches. L'atmosphère était froide et humide.

– Ma chambre est ici, dit Marianna en désignant une pièce à l'extrémité du couloir.

Elle ouvrit une lourde porte :

– Et voici la tienne.

J'avançai dans la pièce les yeux fermés, certaine que l'endroit serait aussi sombre et déprimant que la demeure entière. Quand je rouvris les paupières, la surprise me fit sourire.

– Pas mal, murmurai-je.

La pièce était très gaie. La lumière du jour déclinant filtrait par des rideaux fins encadrant deux grandes fenêtres. Mes valises ouvertes étaient posées sur un lit à une place. L'un des murs était recouvert du sol au plafond d'étagères débordant de livres. Un petit bureau en bois, une grande commode et deux chaises complétaient le décor.

Marianna se tenait immobile sur le seuil de la pièce. Elle m'observait avec attention.

– Tu voudras certainement enlever les vieux livres de papa et mettre sur les étagères tes propres affaires, dit-elle.

– Non. J'adore les livres, répondis-je. Est-ce que mon ordinateur et mon lecteur de CD sont arrivés ?

– Pas encore, répondit Marianna.

Je me dirigeai vers l'une des fenêtres, écartai les rideaux et regardai à l'extérieur.

– Quelle vue magnifique ! m'exclamai-je. On voit toute la colline jusqu'au village !

– Comme c'est excitant ! se moqua Marianna sur un ton méprisant.

Je me tournai vers elle :

– Tu es de mauvaise humeur ?

Elle haussa les épaules :

– Sylvia t'aidera à défaire tes valises si tu veux.

– C'est inutile. Je me débrouillerai toute seule.

Ouvrant une porte située près de la commode, je découvris un immense placard.

– C'est génial ! m'exclamai-je. Ce placard est au moins aussi grand que la chambre que j'avais à la maison !

La maison…

Les mots s'étranglèrent dans ma gorge. Les larmes me montèrent aux yeux.

Je glissai la tête à l'intérieur du placard pour que Marianna ne remarque pas mon émotion. J'avais beau savoir que je n'avais pas de choix, que ma vie se déroulerait à présent dans cet étrange demeure, il m'était impossible d'accepter la situation.

« Je ne parviendrai jamais à surmonter tout ça », pensai-je amèrement en me remémorant les visages souriants de mes parents.

Je ravalai mes larmes et pris une profonde inspiration :

– Marianna, c'est…

Mais ma cousine avait disparu.

« Elle est vraiment bizarre », me dis-je en haussant les épaules.

J'allai vers le lit et commençai à sortir mes T-shirts et mes pulls de ma première valise. Je disposai quelques vêtements à l'intérieur de la commode.

Soudain, je me ravisai. Il fallait que je prévienne Oncle Jekyll de mon arrivée. J'abandonnai mon rangement et sortis d'un pas pressé dans le couloir.

Tandis que je me dirigeais vers l'escalier, mon cœur se mit à battre plus vite. Je n'avais pas revu Oncle Jekyll depuis mes cinq ans. Serait-il content de me voir ? M'accueillerait-il plus chaleureusement que Marianna ?

– Heidi, où vas-tu ?

Je me retournai au son de la voix de Marianna. Elle avait passé la tête dans l'entrebâillement de la porte de sa chambre et me regardai d'un air hostile.

– Je descends dire bonjour à Oncle Jekyll, lui dis-je.

– Il est dans son laboratoire ! Tu ferais mieux de ne pas le déranger.

– Je ne serai pas longue, lui répondis-je.

En arrivant au bas des escaliers, je tombai nez à nez avec Sylvia, qui m'expliqua où se trouvait le laboratoire de mon oncle. Après avoir parcouru un long couloir, je me trouvai devant sa porte. Je m'apprêtai à frapper, mais une sorte de grognement provenant de l'intérieur me fit suspendre mon geste. Je retins mon souffle et tendis l'oreille. Cette fois, j'entendis des cris effrayants. On aurait dit ceux d'un animal coincé dans un piège. C'était si insupportable que j'ouvris la porte sans avoir frappé.

J'aperçus Oncle Jekyll penché au-dessus d'une grande table, sa longue blouse blanche pendant jusqu'au sol. Il me tournait le dos. Il abaissa la tête vers la table et presque aussitôt une plainte aiguë s'éleva. « C'est donc vrai ! pensai-je soudain, glacée d'effroi. Oncle Jekyll est comme le Docteur Jekyll de l'histoire. Il a absorbé une préparation spéciale, et il est en train de se transformer ! »

Je le regardai fixement depuis le seuil.

Il se tourna lentement vers moi…

Je ne pus réprimer un cri d'horreur.

6

Je contemplai mon oncle, bouche bée.

Il n'avait rien d'un monstre, non ! Mais il paraissait avoir cent ans !

« Il doit pourtant tout juste aborder la quarantaine, me dis-je après un rapide calcul. Que lui est-il arrivé ? » Avec ses longs cheveux blancs ébouriffés, ses yeux cernés et ses joues ridées, il avait l'air d'un homme usé par les années.

Je ne m'étais pas attendue à un tel choc.

– Heidi ? s'écria-t-il.

La surprise lui fit lâcher le cochon d'Inde qu'il tenait entre ses mains. L'animal tomba sur la table avec un bruit mat. Poussant des couinements stridents, il sauta sur le sol et détala à travers le laboratoire.

Voilà l'explication des cris que j'avais entendus !

Un sourire éclaira le visage livide d'Oncle Jekyll.

– Comme tu as grandi ! s'exclama-t-il en s'avançant vers moi.

Il me serra chaleureusement dans ses bras, puis recula et me regarda longuement. Son menton frémissant et ses yeux humides trahissaient son émotion.

Soudain, son sourire s'effaça et il se frappa le front avec la main.

– Oh, mais je devais aller te chercher ! gémit-il. Je suis désolé ! Je suis tellement absorbé par mon travail que je ne me rends plus compte du temps qui passe…

– Ce n'est pas grave ! Quelqu'un à la gare m'a indiqué le chemin jusqu'ici, lui dis-je pour le rassurer. Et Marianna m'a montré ma chambre.

Les appareils électriques qui encombraient la pièce ronronnaient autour de nous. Enfermés dans des cages accrochées au mur, des cochons d'Inde et des souris me jetaient des regards curieux.

– Tu fais d'importantes recherches ici, n'est-ce pas ? demandai-je.

– Je compte faire une découverte majeure très bientôt, dit Oncle Jekyll en poussant un soupir. Mais c'est extrêmement long et difficile.

Il demeura pensif quelques instants, puis reprit :

– Est-ce que ta chambre te plaît ?

– Elle est parfaite, répondis-je. Marianna m'a aidée…

– Ta présence va lui faire beaucoup de bien, m'interrompit Oncle Jekyll. Elle se sent seule ici. Je n'ai pas beaucoup de temps à lui consacrer. J'espère que tu trouveras ta place ici et que tout se passera bien entre Marianna et toi…

– Moi aussi, dis-je. Je vais tout faire pour que ma nouvelle vie soit aussi agréable que possible.

Il me serra de nouveau dans ses bras.

– Toutes ces épreuves, toute cette tristesse…, dit-il dans un murmure.

Quand il s'écarta de moi, je vis que son menton recommençait à trembloter.

De quoi parlait-il au juste ? De l'accident de mes parents ? Ou d'un autre malheur ?

Je décidai de le laisser retourner à ses recherches.

Alors que je m'apprêtais à franchir le seuil du laboratoire, l'histoire que m'avait racontée Greg me revint à l'esprit.

– Il y a une chose que j'aimerais te demander, dis-je en me tournant vers Oncle Jekyll.

Il avait déjà regagné sa table de travail.

– De quoi s'agit-il, Heidi ? dit-il en levant les yeux d'un épais cahier.

– Eh bien, dis-je après avoir marqué un temps d'hésitation, j'ai rencontré un garçon du village à la gare… Je suis sûre qu'il a voulu se moquer de moi, mais… il m'a parlé d'une bête…

À ma grande surprise, le visage si pâle d'Oncle Jekyll vira soudain au rouge cramoisi.

– Non ! hurla-t-il. Non ! NON !

7

Raide de stupeur, je me mis à reculer lentement vers la sortie.

Les yeux de mon oncle semblaient lui sortir de la tête. Son visage était passé du rouge au violet.

– Il n'y a pas de bête ! glapit-il en frappant rageusement la table du poing. N'écoute pas ces histoires !

– Dé… désolée, bégayai-je.

Je fis demi-tour et quittai le laboratoire en toute hâte. La porte claqua violemment derrière moi.

Je restai pétrifiée dans le couloir obscur, faisant des efforts pour retrouver mon souffle. Les hurlements de mon oncle résonnaient encore à mes oreilles. Je ne pouvais chasser de mon esprit l'image de son visage empourpré et de ses yeux pleins de fureur.

« Si cette bête n'existe pas, alors pourquoi s'est-il emporté de cette manière ? » me dis-je.

Et si Greg avait dit la vérité ? Peut-être que la bête n'était pas une invention.

Une main se posa soudain sur mon épaule. Je sursautai et fis volte-face. Je découvris avec soulagement le visage souriant de Sylvia.

– Excuse-moi si je t'ai fait peur, dit-elle. Veux-tu que je t'aide à ranger tes affaires ?

– Non, merci, lui répondis-je.

La réaction d'Oncle Jekyll m'avait tant choquée que je ne pus m'empêcher de raconter à la jeune femme ce qui venait de se produire dans le laboratoire.

– Oncle Jekyll est devenu furieux, lui confiai-je, le cœur battant. Je lui ai posé une simple question, et il est entré dans une colère noire.

Sylvia hocha la tête et me prit par les épaules.

– C'est un homme bon, dit-elle doucement. Mais, tu sais, il doit supporter une pression très importante. Son travail l'amène parfois à dépasser les limites.

Je regardai Sylvia attentivement. De quelles limites voulait-elle parler ? Je fis un grand effort pour empêcher mon imagination de s'emballer.

J'acceptai finalement l'aide de Sylvia et la suivis jusqu'à ma chambre. Je n'avais aucune envie de rester seule dans cet endroit de plus en plus inquiétant.

Une fois que tout fut rangé, Sylvia retourna à ses occupations, et je partis à la recherche de Marianna. Ne la trouvant pas dans sa chambre, je décidai d'explorer l'immense demeure. Je découvris la chambre de mon oncle, située à deux pas de celle de ma cousine, puis un petit cabinet de travail aux étagères remplies de livres. Un peu plus loin se trouvait une petite chambre gaie et bien rangée. La plupart des autres pièces ne contenaient rien d'autre que des amas de poussière et d'épaisses toiles d'araignées. Certaines renfermaient des meubles recouverts de draps. Je me pris à rêver d'installer mon propre bureau dans l'une d'elles. Ce serait génial ! « J'y mettrais mon lecteur de CD et mon ordinateur, et je pourrais inviter mes nouveaux amis. »

Je mourais d'impatience de rencontrer des personnes de mon âge. Malheureusement, le destin avait voulu que j'arrive dans ce lieu au beau milieu des vacances. Pour la première fois de ma vie, j'avais hâte que les cours reprennent.

Je continuai ma progression le long des couloirs, ouvrant les portes, examinant le moindre recoin. À l'intérieur d'un placard, je surpris une minuscule souris grise. Elle me regarda d'un air intrigué pendant un court instant, puis fila se cacher derrière un balai.

– Mince, murmurai-je en frémissant. J'espère que ma chambre n'est pas fréquentée par ces bestioles.

J'ouvris doucement une nouvelle porte.

Je devinai dans la pénombre la silhouette de deux fauteuils couverts de draps blancs. Ils me firent penser à des fantômes immobiles. Lorsque la lumière du couloir inonda plus largement la pièce, mon cœur faillit s'arrêter. De longues entailles balafraient les murs. On aurait dit qu'une bête sauvage avait lacéré le papier peint avec ses griffes.

Une bête, ou peut-être une créature étrange… Je reculai prudemment vers le couloir. Soudain, j'entendis une respiration sourde.

Je n'étais pas seule !

8

– Marianna, m'exclamai-je, le souffle court, en découvrant ma cousine à deux pas de moi.

Ses yeux sombres me foudroyèrent :

– Que regardes-tu, Heidi ?

– Ces murs…, dis-je d'une voix étranglée. Le papier peint est tout déchiqueté. Comme si…

Je n'allai pas au bout de mes pensées.

Marianna me regarda fixement pendant un moment, puis elle détourna les yeux.

– C'est Georges qui a fait ça, dit-elle à voix basse.

– Georges ?

– Notre chat, m'expliqua-t-elle. Il était très agressif et il ne supportait pas d'être seul. Un jour, nous l'avons enfermé sans le vouloir dans cette pièce, et ça l'a rendu fou.

Je regardai d'un air dubitatif les longues griffures. Elles se trouvaient tout en haut du mur. Comment un chat pouvait-il atteindre une telle hauteur et faire des marques aussi profondes ?

– Qu'est-il arrivé à Georges ?

– Papa a été obligé de le faire piquer, répondit-elle en évitant mon regard. Nous n'avions pas le choix.

Brusquement, Marianna tourna la tête vers moi et m'adressa un franc sourire.

C'était la première fois depuis mon arrivée que je la voyais détendue.

– J'étais venue te chercher pour le dîner. Ce soir, un miracle s'est produit.

– Quel miracle ? demandai-je en la suivant dans les escaliers.

– Papa se joint à nous. D'habitude, il travaille encore à cette heure-là. Mais en ton honneur…

Je l'arrêtai au bas des marches.

– Tu sais, j'ai fait une gaffe tout à l'heure, lui dis-je. Je l'ai mis très en colère.

Elle haussa les sourcils.

– En colère ? Papa ? s'étonna-t-elle.

– J'ai fait la connaissance d'un garçon appelé Greg Freidus à la gare. Tu le connais ?

– Nous sommes dans la même classe, répondit Marianna.

Je jetai un regard inquiet autour de nous pour m'assurer qu'Oncle Jekyll n'était pas dans les environs.

– Il m'a raconté une histoire effrayante, murmurai-je. Il m'a dit qu'une bête s'était attaquée au village. Marianna sembla retenir son souffle. Sa main gelée serra mon bras avec force.

– Tu en as parlé à mon père ?

J'acquiesçai d'un air embarrassé.

– Il n'aime pas évoquer ce sujet, chuchota-t-elle. Mais ne t'inquiète pas, il n'était pas en colère contre toi. Ce sont les villageois qui l'agacent. Son travail lui attire beaucoup d'ennuis. Les gens imaginent toutes sortes de choses et racontent n'importe quoi simplement parce qu'ils ne savent pas sur quoi portent ses recherches.

– Alors ce que Greg m'a raconté est faux ? demandai-je.

– Bien sûr que oui ! dit Marianna avec un haussement d'épaules.

Elle me lâcha enfin le bras et me précéda jusqu'à la salle à manger.

La pièce était très accueillante. Un lustre en cristal diffusait une lumière éclatante sur la nappe blanche qui recouvrait la grande table.

À travers la fenêtre, je vis le croissant de lune s'élever au-dessus des arbres nus.

Oncle Jekyll avait déjà pris place à l'extrémité de la table. Il s'était débarrassé de sa blouse blanche pour enfiler une chemise et un pantalon de toile. Ses épais cheveux blancs étaient soigneusement lissés.

Il nous adressa un large sourire, puis il tendit ses deux grandes mains pour nous faire signe de nous asseoir l'une en face de l'autre.

– Où étiez-vous donc passées ? J'espère que tu ne t'es pas perdue, Heidi ?

– Non, mais j'ai encore du mal à me repérer dans cette maison, dis-je.

Il me tapota la main :

– Ne te fais pas de souci. Tu apprendras vite à la connaître.

Sylvia apporta de grands bols remplis de soupe fumante.

– Voici notre spécialité régionale, dit Oncle Jekyll. La soupe de palourdes ! Je parie que tu n'en a jamais mangé d'aussi bonne à Springfield !

La bonne humeur de mon oncle et la délicieuse odeur de la soupe m'apportèrent le réconfort dont j'avais besoin.

Le repas se passa agréablement. Oncle Jekyll parla beaucoup. Marianna se contenta de répondre aux questions qui lui étaient adressées. Je commençai à me sentir plus à mon aise.

Tandis que nous savourions le dessert, Oncle Jekyll évoqua ma dernière visite. Il raconta le moment où je lui avais demandé s'il était Frankenstein. Lui et moi nous mîmes à rire de bon cœur.

Les yeux baissés sur son assiette, Marianna continuait à manger en silence.

– À cette époque, tu me prenais pour un savant fou, dit-il avec un sourire, ses yeux gris argent brillant dans la lumière. Et tu avais raison !

Il engloutit une grande cuillerée de crème glacée avant de reprendre sur le ton de la plaisanterie :

– Lorsqu'on porte le nom de Jekyll, on n'a pas le choix ! Je me demande si...

– Papa, je t'en prie... l'interrompit Marianna, visiblement embarrassée.

Ses joues s'empourprèrent. Sans prêter attention à sa fille, Oncle Jekyll poursuivit son discours en agitant sa cuillère en l'air :

– Tout le monde considère que le docteur Jekyll de cette nouvelle faisait le mal. Mais, moi, je le considère comme un brillant scientifique.

– Tu trouves admirable qu'il ait inventé une mixture pour se transformer en bête malfaisante ? dis-je en pouffant de rire.

– Papa… s'il te plaît ! implora Marianna. Arrêtons de parler de ça !

– Mais il faut être un génie pour mettre au point une formule qui transforme une personne si radicalement, insista Oncle Jekyll. Quelle idée excitante !

En face de moi, Marianna, mâchoires serrées, fulminait :

– Papa, si tu ne changes pas de sujet…

– D'accord, d'accord, dit-il d'un air résigné. Mais on ne m'ôtera pas de l'idée que le docteur Jekyll a été cruellement incompris.

Plus tard dans la soirée, alors que je m'apprêtais à me glisser dans mon lit, je me remémorai la conversation du dîner. Pourquoi avait-elle bouleversé Marianna à ce point ?

Elle n'avait pas voulu que son père parle de découvertes scientifiques capables de changer la nature des gens. Était-ce parce que cette idée l'effrayait ? Ou bien plutôt parce qu'elle connaissait un terrible secret ? Un secret concernant son père et les mystérieux travaux qui l'occupaient des heures durant dans son laboratoire ?

« Il faut que j'arrête d'imaginer des choses insensées et que j'oublie l'histoire de Greg », me sermonnai-je en enfilant ma chemise de nuit.

Ma chambre était glacée. Mais ayant l'habitude de dormir en toute saison dans une pièce aérée, je me dirigeai vers la fenêtre et l'entrebâillai légèrement. Un souffle d'air froid fit voleter les rideaux. J'éteignis la lampe posée sur ma table de nuit et me glissai sous l'épais édredon.

La lumière argentée de la lune filtrait à travers les voilages. Je fermai les paupières en me disant que c'était la première nuit dans ma nouvelle vie. Aussitôt les visages des amis que j'avais laissés à Springfield se mirent à flotter devant mes yeux. L'image de mes parents m'apparut. Puis celle de mon ancien collège... de la maison où j'avais grandi... Je repensai ensuite à mon voyage en car, à Greg, à l'accueil étrange que m'avait réservé Marianna...

J'allais sombrer dans le sommeil lorsque le premier cri retentit.

9

Je me redressai brusquement, le cœur battant à tout rompre.

Un autre cri strident déchira le silence de la nuit. Je repoussai d'un geste brusque l'édredon et sautai du lit. Je plongeai en direction de la fenêtre ouverte pour regarder au-dehors.

Je compris instantanément que les plaintes, bientôt relayées par des mugissements de sirènes et des aboiements, provenaient du village. Au pied de la colline, j'aperçus des lumières vives. Des gens s'enfuyaient en courant entre les maisons. La voix affolée d'un homme résonnait dans un haut-parleur, mais je ne comprenais pas le moindre mot.

– C'est un vrai cauchemar ! murmurai-je.

Je reculai de mon point d'observation. Le froid transperçait ma chemise de nuit. Je serrai les bras autour de moi en grelottant pour tenter de me réchauffer.

« Que se passe-t-il là-bas ? », me demandai-je. Ce n'était pas un incendie ; j'aurais vu des flammes.

Je me souvins alors de l'histoire de Greg. Et si elle était vraie ?

Oncle Jekyll avait bien affirmé que la bête n'existait pas, et Marianna m'avait expliqué pourquoi son père s'était emporté lorsque j'avais évoqué le sujet. Pourtant, je n'étais pas convaincue.

« Je vais descendre et demander à Oncle Jekyll de m'expliquer ce qui se passe », décidai-je.

L'esprit agité de mille questions, j'allai en tâtonnant jusqu'au placard pour chercher ma robe de chambre, mais je ne parvins pas à mettre la main dessus. J'étais incapable de me souvenir où se trouvaient mes affaires dans cette nouvelle chambre ! Une bouffée d'angoisse étreignit ma poitrine. Me sentirais-je un jour chez moi dans cette maison ? Comment pourrais-je y arriver alors qu'un film d'horreur se jouait au-dehors ?

J'enfilai à toute vitesse mon jean et mon pull que j'avais jetés sur une chaise. Je me précipitai hors de ma chambre et courus vers celle de mon oncle. La porte était entrouverte. Je frappai contre le battant. Personne ne me répondit. Je glissai la tête à l'intérieur.

Oncle Jekyll n'était pas là. Son lit n'avait même pas été défait.

– Il doit encore être dans son laboratoire, dis-je dans un murmure. Marianna a dit qu'il travaillait très tard le soir.

Je fis demi-tour et dévalai les escaliers. Une fois en bas, j'empruntai le couloir qui menait au laboratoire de mon oncle. La porte était ouverte. La pièce baignait dans une sinistre lueur verte.

– Oncle Jekyll ? appelai-je en franchissant le seuil.

L'endroit regorgeait de récipients remplis de liquides bouillonnants. Sur une machine placée dans un coin de la pièce, une rangée de petites lumières rouges clignotait.

Une odeur aigre régnait dans la pièce. Sur la grande table de laboratoire, un épais liquide vert se déversait doucement, goutte après goutte, d'un haut tube de verre dans un grand vase à bec.

– Oncle Jekyll ? répétai-je.

Je longeai la table et jetai un coup d'œil dans la petite pièce située derrière la salle du laboratoire. Elle ne contenait que des boîtes en carton et des bouteilles de substances chimiques. J'allais revenir sur mes pas et quitter les lieux lorsque mon regard s'arrêta sur un objet posé à l'extrémité de la table. C'était un verre vide. Une mince pellicule de substance verdâtre recouvrait son fond et ses parois.

Je m'avançai vers l'objet pour l'examiner. Je l'approchai de mon nez. La même odeur aigre s'en dégageait.

– Beurk, fis-je en reculant vivement.

Était-ce la même substance épaisse qui s'écoulait dans le vase à bec ? Mon oncle avait-il absorbé ce breuvage ? S'était-il ensuite transformé en bête sauvage ? Était-il à présent dans le village, attaquant la population et semant la panique ?

Les bruits du laboratoire devenaient insupportables.

Je plaquai mes mains sur mes oreilles.

– Je n'en peux plus ! m'écriai-je d'une voix stridente.

Je quittai les lieux en courant, déterminée à retrouver mon oncle. Je passai devant la cuisine, la salle à manger, une petite pièce que je n'avais pas encore vue, puis le salon. Tout était plongé dans l'obscurité. Et Oncle Jekyll restait introuvable. S'il n'était pas en ce moment même en train de terroriser le village, où se cachait-il ?

Je m'arrêtai en bas de l'escalier, à bout de souffle. Je pris appui sur la rampe en bois, attendant de retrouver une respiration régulière. Soudain, mon sang se glaça.

La lourde porte d'entrée s'ouvrait lentement dans un craquement sinistre…

10

Sous mes yeux ébahis, Oncle Jekyll pénétra dans la maison en titubant, ses cheveux blancs dressés sur le crâne. Ses yeux pâles semblaient lui sortir de la tête. Son visage était maculé de terre.

Il ne remarqua pas ma présence. Il referma la porte d'un coup d'épaule en émettant un faible grognement de douleur. Une manche de son pardessus et un genou de son pantalon tâché étaient déchirés. De longues traînées boueuses s'étalaient sur sa chemise, dont la plupart des boutons avaient été arrachés.

Respirant bruyamment, Oncle Jekyll s'avança dans l'entrée, laissant des empreintes terreuses sur le sol. Je fis un pas en arrière. Il ne fallait pas qu'il me voie. Je n'avais aucune envie qu'il m'explique d'où il venait, ou encore ce qu'il avait fait. Tout cela était bien trop effrayant.

– Heidi…

Je sursautai lorsqu'il prononça mon nom d'une voix enrouée. Il m'avait repérée !

Je serrai la rampe à m'en faire mal à la main.

– Que fais-tu ici ?

Il s'approchait peu à peu, me fixant d'un regard méfiant.

– Je… je n'arrivais pas à dormir, dis-je d'une voix étranglée. J'ai entendu des… des choses étranges.

Il passa la main dans ses cheveux essayant de discipliner sa crinière hirsute, mais ses mèches restèrent hérissées sur sa tête. Ses yeux gris scrutaient mon visage. On aurait dit qu'il tentait de lire mes pensées.

– Oncle Jekyll…, commençai-je d'une voix chevrotante. Alors ?

– Je reviens de balade, me coupa-t-il en se grattant la joue. J'aime marcher dans les bois après mon travail.

– Mais, tes vêtements, protestai-je. Ton visage…

– Je suis tombé, répondit-il. Désolé si mon allure t'a effrayée, Heidi.

Un étrange sourire apparut sur son visage recouvert de boue. Je ne pouvais détacher les yeux de sa chemise aux boutons arrachés, de son pantalon déchiré.

– Il y a eu un brusque dégel, et dehors c'est plein de boue. J'ai oublié ma torche électrique, et j'ai percuté une branche. J'ai dérapé et dévalé la moitié de la colline.

J'aurais été ravie de le croire, mais je n'y parvenais pas. Il se frotta le front, ses yeux rivés sur moi.

– J'ai… j'ai entendu des cris qui provenaient du village, bégayai-je. Il y a eu des lumières partout, des sirènes…

– Je n'ai rien vu, m'interrompit-il sèchement. De là où j'étais je ne pouvais pas apercevoir le village. Je n'ai rien entendu non plus.

– J'ai eu très peur, lui dis-je.

Il secoua la tête et passa sa main sur sa nuque.

– Je suis désolé, murmura-t-il.

La tendresse qui perçait dans sa voix me surprit :

– C'est ton premier jour ici. Je sais à quel point c'est dur pour toi. Donne-toi un peu de temps pour t'adapter. Dans ces petits villages de montagne, il se passe parfois des choses bizarres. Essaie de ne pas y prêter attention. Tu seras beaucoup plus heureuse.

Que voulait-il me faire comprendre ? Que je devais ne pas m'inquiéter de la panique des villageois ?

Je le regardai fixement, tentant désespérément de comprendre. Il avait dit que je serais beaucoup plus heureuse si j'oubliais ce que j'avais vu et entendu. Était-ce un conseil adressé par un oncle aimant ou bien une menace ?

11

Une fois dans mon lit, je n'arrivais pas à me rendormir. L'agitation qui avait secoué le village s'était calmée. Seuls quelques aboiements venaient troubler le silence de la nuit.

Je remontai l'édredon sous mon menton et me mis à fixer le plafond. Mon esprit ne trouvait pas la paix. Oncle Jekyll me mentait, j'en étais certaine. Il n'était pas tombé et n'avait pas dévalé la colline. Et il savait très bien ce qui s'était produit au village. Mais j'étais incapable de me dire s'il avait menti pour me protéger ou pour se protéger lui-même.

Après un long moment, je sombrai dans un profond sommeil sans rêves. Je dormis tard. À mon réveil, j'aperçus à travers la fenêtre le soleil qui brillait haut dans le ciel. La neige qui recouvrait la colline brillait de mille feux. Pendant un bref instant, j'entrevis un cerf qui trottait entre les arbres. Je m'étirai en souriant et inspirai à pleins poumons l'air matinal qui entrait par la fenêtre entrouverte.

Soudain, le souvenir effrayant de la nuit me revint à l'esprit, et ma bonne humeur s'évanouit aussitôt.

« Il faut que je découvre la vérité, me dis-je. Je ne pourrai pas vivre normalement tant que je n'aurai pas percé le mystère qui entoure mon oncle. »

J'enfilai un caleçon et un pull et je descendis au rez-de-chaussée pour prendre mon petit déjeuner. Des cris de colère me firent stopper net dans le couloir au moment où j'approchais de la cuisine. Marianna criait, furieuse :

– Je ne suis pas obligée de rester ici ! Je ne veux pas vivre ainsi !

– Et où aimerais-tu aller ? répondit Oncle Jekyll sur un ton sarcastique.

– N'importe où, pourvu que je n'aie pas à vivre avec toi ! hurla-t-elle.

– Ne parle pas si fort, dit Oncle Jekyll d'un ton désespéré.

– J'en ai assez de vivre avec tous ces secrets et ces mensonges ! Tu m'en demandes beaucoup trop !

Adossée contre le mur du couloir, à l'abri des regards, je retins un cri de surprise.

Alors, Marianna connaissait la vérité à propos de son père ?

Je continuai à écouter leur dispute, le cœur battant.

– Je ne peux pas avoir d'amis, dit Marianna d'une voix tremblante d'émotion. Je ne peux inviter personne ici. J'ai l'impression de ne pas avoir de vie. Et tout ça à cause de toi !

– Il faut que tu sois patiente, répondit Oncle Jekyll calmement. J'ai besoin de temps, Marianna. Tu sais que ce n'est pas ma faute.

– Je m'en fiche ! cria-t-elle.

Au moment où Oncle Jekyll allait répondre, je ne pus réprimer une quinte de toux. Ils se turent.

Je pris une profonde inspiration et pénétrai dans la pièce, l'air détaché. Oncle Jekyll me salua avec un sourire jovial. Marianna, le visage à moitié caché par ses boucles brunes, gardait les mâchoires serrées. Les poings crispés sur la nappe, elle regardait ailleurs. Elle n'avait pas touché à ses céréales.

– Veux-tu que Sylvia te prépare des œufs ? me demanda mon oncle d'un ton enjoué.

– Non merci. Je prendrai juste un bol de céréales.

– Marianna et moi venons d'avoir une petite discussion, dit Oncle Jekyll en souriant à sa fille, assise face à lui.

Marianna se renfrogna.

– Ah bon ? dis-je. Je n'ai rien entendu.

Personne ne parla beaucoup pendant le petit déjeuner. J'attendais avec impatience de me retrouver seule avec Marianna pour découvrir ce qu'elle savait.

J'étais déterminée à ne pas la laisser en paix avant qu'elle me raconte tout.

Une fois le repas fini, Oncle Jekyll s'éclipsa et alla s'enfermer dans son laboratoire.

Je retrouvai Marianna dans sa chambre. Elle était penchée au-dessus d'une petite cage de verre et tenait entre ses mains un adorable hamster brun et blanc.

– Comment s'appelle-t-il ? demandai-je.

– Ernie, me répondit Marianna sans se retourner. C'est mon meilleur ami.

– Il est mignon, dis-je tout en m'approchant d'elle.

Marianna resta silencieuse.

Incapable d'attendre plus longtemps, je me jetai à l'eau.

– J'ai menti ce matin, avouai-je. Juste avant le petit déjeuner, je vous ai entendus, ton père et toi.

Elle referma brusquement sa main sur Ernie. Ses yeux sombres brillèrent d'une lueur soudaine.

– Nous ne faisions que discuter !

– Ce n'est pas vrai ! J'ai bien entendu ce que vous disiez. Vous parliez de secrets et de mensonges. Tu semblais bouleversée.

Marianna ne me répondit pas. Elle se contenta de planter ses yeux dans les miens.

– Ce n'était rien d'important, murmura-t-elle.

– Dis-moi la vérité, Marianna, l'implorai-je. Cette nuit, j'ai entendu des cris qui provenaient du village. Depuis la fenêtre de ma chambre, j'ai vu qu'il s'y passait quelque chose d'anormal.

– Je… je ne sais rien à ce sujet, dit-elle tout bas.

– Bien sûr que tu es au courant ! insistai-je. Il faut que tu me dises la vérité sur ton père, Marianna !

Marianna recula d'un pas chancelant, le visage déformé par la colère.

– Fiche moi la paix, Heidi ! hurla-t-elle, suffoquant à moitié. Si tu essaies d'en savoir davantage sur mon père, tu le regretteras ! Tu auras été prévenue !

Nos regards s'arrêtèrent alors sur le pauvre hamster qu'elle tenait toujours dans sa main.

– Oh, nooon, gémit-elle.

Elle l'avait serré si fort qu'elle l'avait étouffé.

12

« Je dois m'en aller, partir loin de cette étrange famille, de cette maison lugubre, de tous ces secrets », me répétais-je en regagnant ma chambre.

J'avais laissé Marianna sangloter dans sa chambre. Elle avait refusé d'écouter mes excuses et m'avait claqué la porte au nez.

« Avait-elle pu serrer son hamster au point de le tuer ? pensai-je en frissonnant. À présent, elle doit me détester. Elle ne me dira jamais ce qu'elle sait à propos de son père ni pourquoi ils se disputaient ce matin. »

Je pris ma parka et me précipitai dehors, déterminée à m'enfuir. L'air glacé me piqua les joues. Faisant craquer la neige durcie sous mes pas, je suivis le petit chemin qui longeait la maison. J'aperçus l'étroite route qui serpentait le long de la colline jusqu'au village. La neige avait été déblayée, la voie était libre. Je trouvai dans le garage un vieux vélo de Marianna. Je jaugeai sa solidité et l'état de ses roues et décidai qu'il ferait l'affaire.

– Super ! m'écriai-je avec soulagement. Je peux m'échapper !

Quelques secondes plus tard, je dévalais la colline, les cheveux au vent. Le vélo rebondissait sur la route. Je me sentais si bien que j'avais envie de chanter et de crier. Le paysage défilait à toute vitesse devant mes yeux. En bas de la colline, je me redressai sur ma selle et pédalai sans relâche, savourant l'effort, l'air frais et le sentiment de liberté.

Ma bonne humeur ne m'abandonna qu'au moment où j'atteignis les abords du village. Car c'est alors que je me retrouvai plongée en plein cauchemar.

13

Je ralentis mon allure en apercevant la première maison. Je n'en croyais pas mes yeux. Derrière l'habitation, la remise à outils en fer gisait sur le flanc, l'un de ses murs complètement enfoncé. Une grande brèche béait dans la palissade en rondins qui délimitait le jardin. Des poteaux tordus étaient éparpillés sur le sol enneigé.

La vue de la maison suivante me coupa le souffle. Les fenêtres du rez-de-chaussée avaient été cassées, et la porte d'entrée, arrachée de ses gonds, reposait contre un arbre tout proche.

Poursuivant ma route, j'aperçus un groupe d'hommes et de femmes rassemblés devant une maison à l'angle de la rue. Ils se tenaient autour d'une voiture et discutaient vivement en secouant la tête.

En m'approchant, je constatai que le pare-brise du véhicule avait été fracassé. Les fêlures qui couraient à sa surface ressemblaient à une toile d'araignée géante. La porte du conducteur se trouvait à côté de la voiture, pliée en deux. Le volant avait été projeté plusieurs mètres plus loin.

– Que s'est-il passé ici ? demandai-je aux villageois.

Tout le monde se tourna vers moi.

– Comment peux-tu le demander ! s'écria une femme.

– Ne nous dis pas que tu n'as rien entendu cette nuit ! m'apostropha un homme sur le même ton hargneux. Tu étais sur la planète Mars ou quoi ?

Ils semblaient si furieux et hostiles que je n'insistai pas davantage et continuai ma route.

Je m'engageai dans une rue perpendiculaire. Les minuscules éclats de verre crissaient sous les roues de mon vélo. Je vis d'autres voitures aux pare-brise cassés, des agents de police aidant un vieil homme à remettre en place une porte, des monticules de débris variés jonchant les jardins et la route.

Quelques secondes plus tard, je débouchais dans la rue principale. Un petit attroupement s'était formé autour d'un camion rouge et blanc, arrêté au beau milieu de la route.

Je sautai de mon vélo. Je lus l'inscription peinte en lettres majuscules sur le flanc du véhicule : Action Infos 8. Je couchai mon vélo sur la chaussée et me dirigeai vers la foule. J'aperçus un homme portant sur son épaule une caméra et une jeune femme rousse tenant un micro.

« Une équipe de journal télévisé, réalisai-je. Si j'écoute ce que les gens racontent, je saurai ce qu'il s'est passé ici la nuit dernière ! ».

Je fendis la foule alors que la journaliste tendait son micro vers un visage qui m'était familier.

C'était Greg. Occupé à répondre aux questions de la jeune femme, il ne remarqua pas ma présence.

Je me rapprochai davantage pour entendre ce qu'ils se disaient.

– Donc la bête a de nouveau attaqué cette nuit ? demanda la journaliste.

Greg regarda le micro :

– Oui. Elle a descendu la colline peu avant onze heures du soir et a commencé à tout détruire.

– Étiez-vous dehors à cette heure-là ? L'avez-vous vu venir de la colline ? continua à l'interroger la jeune femme.

– Eh bien… non, répondit Greg. J'étais chez moi. Mes parents m'interdisent de rester dehors le soir. Ils ont peur.

– Avez-vous déjà vu cette créature ? demanda la femme.

– Oui.

– Est-elle humaine ?

– Eh bien, dit Greg avec une profonde concentration, oui, en quelque sorte. Elle a la taille d'un homme. Elle se déplace sur deux jambes, mais sa démarche est un peu titubante. Son corps est recouvert d'une fourrure grise. Et elle grogne comme un loup.

– Mais ce n'est pas un animal ? demanda la jeune femme.

Greg se gratta la tête :

– Je dirais qu'elle est mi-homme, mi-animal…

– Montez sur la colline ! cria soudain une femme de l'assistance à la journaliste.

Elle s'avança jusqu'à Greg et saisit le micro :

– Vous voulez connaître la vérité ? Ne perdez pas votre temps par ici. Montez plutôt jusqu'à la grande maison en haut de la colline, celle du docteur Jekyll. Car le monstre, vous le trouverez là-bas !

– Non, c'est faux ! m'écriai-je. J'habite dans cette maison… et il n'y a aucun monstre.

Je me mordis aussitôt les lèvres. Pourquoi avais-je dit une chose pareille ? Pourquoi avais-je essayé de prendre la défense d'Oncle Jekyll ?

Des exclamations de surprise s'élevèrent de l'assemblée entière. La foule se tourna vers moi et me dévisagea.

– Qui est-ce ? demanda un jeune homme. On ne l'a jamais vue par ici.

Greg me regardait d'un air ébahi.

– Heidi ? Mais… que fais-tu ici ? s'exclama-t-il.

En examinant ces visages soupçonneux, je compris que je m'étais mise dans une position délicate.

– Elle fait partie de cette famille maudite ! rugit une voix furieuse. Attrapons-la !

14

Je fis un pas en arrière, craignant un instant que les habitants du village ne se jettent sur moi. Mais personne ne m'attaqua. Le groupe m'encercla et me regarda comme si c'était moi la bête.

– Mon oncle n'est pas un monstre ! m'écriai-je d'une voix tremblante. Il n'y a aucun monstre dans cette maison.

Je disais cela sans beaucoup de conviction. Tout comme les habitants du village, j'ignorais la vérité sur cette créature. Pourtant je ne pouvais accepter qu'ils accusent Oncle Jekyll.

Je reculai prudemment vers mon vélo.

J'avais oublié que je l'avais couché sur la route. Mon talon se coinça dans la roue et je tombai lourdement en arrière. La jeune journaliste se précipita vers moi et me tendit la main pour m'aider à me relever. Puis elle me colla son micro devant le visage.

– Pouvez-vous nous conduire à la maison de votre oncle ? demanda-t-elle, tout excitée. Pouvez-vous nous laisser constater les choses par nous-mêmes ?

– Eh bien… c'est-à-dire…, hésitai-je.

– Vous voyez ? Elle nous ment ! cria un homme.

– Elle cache la bête ! hurla une femme.

– Vous… vous devez obtenir l'autorisation de mon oncle, bégayai-je.

Puis je me tournai vers la foule, le cœur battant et la gorge sèche.

– Je viens à peine d'emménager ici ! criai-je. Je… je ne suis au courant de rien !

Personne ne dit mot, mais tous les regards restèrent braqués sur moi.

« Ils ne me connaissent même pas et ils me haïssent déjà », pensai-je avec amertume.

C'est alors que Greg s'avança vers moi. Il redressa mon vélo et me le tendit.

– Tu ferais mieux de t'en aller, murmura-t-il. Les habitants du village sont bouleversés.

– Mais… je…, commençai-je.

– La nuit dernière a été terrifiante, chuchota Greg. Les gens sont sur les dents. Retourne vite dans la maison de ton oncle. Tu y seras en sécurité.

Sans perdre un instant, je sautai sur la selle et pédalai vers la colline.

Soudain, une question me vint à l'esprit : serais-je vraiment en sécurité là-bas ?

Je passai un après-midi morne à la maison. Oncle Jekyll ne sortit pas de son laboratoire, et Marianna demeura introuvable. Une pluie givrante fouettait les carreaux. La maison était si glacée et humide qu'enfiler un gros pull de laine sur mes deux T-shirts ne suffit pas à me réchauffer.

Je repris mon exploration des lieux. Je me rendis une nouvelle fois dans la pièce au papier peint déchiqueté. J'imaginai une créature féroce en train de lacérer les murs en rugissant. Un frisson courut le long de mon dos. Je quittai l'endroit en me promettant de ne plus jamais y remettre les pieds. Je passai le reste de la journée à lire des magazines. Quelques heures avant le dîner, un employé de la compagnie de téléphone sonna à la porte. Sylvia le conduisit jusqu'à ma chambre, et il installa un poste sur mon bureau.

C'était génial. J'appelai aussitôt mon amie Patsy à Springfield.

– Alors, comment est-ce ? me demanda-t-elle avec impatience.

– Eh bien..., dis-je d'un ton hésitant.

Je ne pus résister à l'envie de lui décrire l'univers étrange et angoissant dans lequel je venais de pénétrer.

– C'est horrible ! m'écriai-je après avoir vérifié si la porte de ma chambre était bien fermée. Mon oncle est vraiment bizarre. Ma cousine Marianna me déteste. Et une créature attaque régulièrement le village... Les gens ici...

Je m'arrêtai un instant, le souffle court, et tendis l'oreille. Quel était donc ce cliquetis qui résonnait dans le combiné ? Je perçus un bruit de respiration.

Ce n'était pas celle de Patsy. « Oncle Jekyll ! réalisai-je soudain. Il m'espionne en utilisant un autre appareil ! »

– C'est quoi, cette histoire de créature ? s'inquiéta Patsy. Tu plaisantes, n'est-ce pas ?

– Je te le dirai après. Raconte-moi plutôt ce qui se passe à Springfield.

Elle commença à me donner des nouvelles de mes amis. Je posai doucement l'écouteur sur mon lit et me précipitai hors de la chambre. Je dévalai les escaliers et gagnai le hall d'entrée.

Où donc était Oncle Jekyll ? Je voulais le surprendre en flagrant délit. Je voulais savoir avec certitude s'il était en train de m'espionner.

Je l'aperçus assis dans un fauteuil dans un des salons du rez-de-chaussée. Il se tenait tout près du téléphone. Au moment où je jaillis dans la pièce, il saisit un livre et affecta d'être absorbé par sa lecture.

– Heidi ? dit-il comme s'il était surpris de me voir.

Je le regardai fixement, bouche bée. Je compris que je n'étais pas en sécurité dans cet endroit.

Un sourire étrange apparut sur le visage d'Oncle Jekyll.

– Es-tu heureuse d'avoir ton propre téléphone ? me demanda-t-il d'un ton innocent.

15

La nuit suivante, je fis un rêve effrayant.

Une créature furieuse me poursuivait à travers un champ de neige. Dressée sur ses pattes postérieures, elle titubait derrière moi en poussant des grognements.

Mi-loup, mi-homme, le monstre pointait par instant son museau vers le ciel et adressait à la lune des hurlements terrifiants. Ses yeux rougeoyaient comme des braises ardentes et d'épais filets de bave jaunâtre s'écoulaient de sa gueule. Je courais à perdre haleine, affrontant de violentes bourrasques de vent. Je peinais tellement pour avancer que tous les muscles de mon corps me faisaient souffrir. Mes chaussures ne cessaient de déraper sur le sol enneigé. Malgré tous mes efforts, je restais sur place.

Les rugissements de la bête se rapprochaient. Je vis claquer ses mâchoires aux dents effilées, je sentis son haleine brûlante et nauséabonde sur ma nuque.

J'essayai désespérément d'avancer, mais je ne bougeai pas d'un centimètre.

Soudain, je trébuchai et m'étalai de tout mon long sur le sol. La créature se précipita sur moi.

– Noooooon ! hurlai-je.

Je rassemblai toutes mes forces pour me dégager, mais elle m'immobilisa fermement dans la neige. Son corps était si lourd que j'avais du mal à respirer. C'est alors que le monstre ouvrit ses mâchoires, se pencha sur moi et planta ses crocs dans la chair de mon épaule.

Je m'éveillai en sursaut et m'assis dans mon lit, haletante. J'étais seule dans ma chambre obscure. La créature et le champ enneigé s'étaient évanouis. Il me fallut quelques instants pour me souvenir que je me trouvais dans la lugubre maison d'Oncle Jekyll. Mes idées s'éclaircirent peu à peu.

Soudain une sensation de vertige me submergea. Je frottai mon épaule. Elle me faisait mal. Était-ce à cause du rêve ?

Ma chemise de nuit était trempée de sueur. Je m'extirpai du lit et, flageolante, me dirigeai vers la commode. J'allumai la lumière, pris une autre chemise et l'enfilai. Je jetai un coup d'œil sur l'horloge. Il était quatre heures du matin. Dehors régnait un silence de plomb. Il faisait nuit noire.

Des images du rêve revinrent hanter mon esprit. J'entendais encore les rugissements de la bête, et je sentais son souffle balayant mon cou.

Incapable de me rendormir, je décidai de lire pendant quelques instants.

J'allai vers les rayonnages remplis des vieux livres de mon oncle. Sur une des plus hautes étagères, je crus apercevoir un ouvrage que j'avais adoré lorsque j'étais enfant. Je tendis la main pour l'attraper, mais mon pied nu se prit dans le tapis. Je perdis l'équilibre et m'accrochai à l'une des étagères.

Le panneau de bois qui recouvrait le côté du meuble se détacha et tomba à terre. Je m'approchai et découvris que je venais de mettre au jour un compartiment secret. Je l'examinai.

– Qu'y a-t-il de caché là-dedans ? dis-je dans un murmure.

16

Je glissai la main dans l'ouverture et saisit un objet. C'était un livre. D'apparence très ancienne, il possédait une couverture en cuir craquelé sur laquelle se devinait un mot aux lettres décolorées : *Journal*. Je feuilletai l'ouvrage avec précaution. Ses fines pages jaunies étaient recouvertes d'inscriptions et de dates notées à l'encre noire d'une écriture minuscule.

J'allumai une petite lampe près de mon lit et m'assis sur l'une des chaises. J'examinai le journal attentivement. J'étais curieuse de découvrir le nom de son auteur. Mais sur la couverture je ne trouvai que des taches brunâtres. La première page portait juste une date : 1er janvier. Mais de quelle année ? Le livre ne le disait pas. Je soufflai sur la poussière qui recouvrait la tranche sans rien trouver de plus.

J'ouvris le livre au hasard. Plissant les yeux pour déchiffrer l'écriture, je commençai à lire :

... Température glaciale. La neige tombe en gros flocons. Cette nuit, je hurlerai plus fort que le vent du nord. Je ne crains pas de sortir dans la tourmente. Celle qui s'agite à l'intérieur de moi est beaucoup plus violente que n'importe quelle tempête de neige...

– Quoi ?

Je regardai fixement le manuscrit. De quoi cette personne parlait-elle ?

Je tournai quelques pages et repris ma lecture :

... Je sais ce que j'ai fait ce soir. Je me souviens de chaque hurlement, de chaque cri d'horreur. Ces pauvres gens ne méritent pas un tel sort. Mais je suis incapable de contrôler tout cela. Lorsque, après la tombée de la nuit, cette envie irrépressible s'empare de moi et que mon corps subit ces horribles transformations... il faut que je sorte. Je n'ai pas le choix. Je dois tout dévaster et tenter de me nourrir. Je sais ce que je deviens. Je suis comme une bête sauvage. Et j'aime que les gens crient et soient effrayés...

– Mais c'est épouvantable ! dis-je à voix basse.

Mon cœur battait à coups redoublés. Le vent faisait vibrer les vitres. Je retirai l'édredon de mon lit et me pelotonnai dedans.

Je lus une autre page :

… Bien sûr, la plupart du temps, je suis un être humain. Un être humain prisonnier de cette vieille maison et de ce corps qui se transforme malgré moi. D'où vient cette fureur, cette colère qui m'obligent à faire le mal ? Je l'ignore. Tout ce que je sais, c'est qu'il y a deux prisonniers ici. La bête et le docteur…

J'étais incapable de détacher mes yeux de la dernière phrase.

La bête et le docteur ? Cela voulait-il dire qu'ils étaient prisonniers d'un même corps ? Je refermai le journal et examinai la couverture de cuir usé. Avais-je dans les mains le journal intime du véritable docteur Jekyll ? Celui dont l'histoire racontait qu'il buvait une potion et se transformait en l'horrible Mister Hyde ?

« Mais comment une telle chose pourrait-elle se produire ? me demandai-je en tenant fermement le petit livre. Le docteur Jekyll n'a jamais existé ! »

Les questions se bousculaient dans mon esprit. Mon oncle avait-il trouvé ce journal ? Est-ce lui qui l'avait caché dans ce compartiment secret ?

Soudain, je crus entendre des bruits de pas dans le couloir. La porte de ma chambre s'ouvrit dans un grincement.

Je glissai vivement le journal sous l'édredon.

– Oncle Jekyll ? dis-je d'une voix haletante.

Mais il n'y avait personne. Ce n'était que le vent qui avait ouvert la porte. Je laissai échapper un soupir de soulagement.

Je me dégageai de l'édredon et me redressai sur mes pieds. Je feuilletai hâtivement le journal, espérant trouver la formule secrète. Mais je ne vis rien. Je retournai vers l'étagère et replaçai soigneusement l'ouvrage dans sa cachette.

Je refermai le compartiment, éteignis la lumière et me glissai dans mon lit. Je fermai les yeux. La petite écriture noire et les phrases effrayantes que je venais de lire hantaient mon esprit.

La bête et le docteur…

Oncle Jekyll avait-il trouvé dans ce journal la formule de la potion du docteur Jekyll ? L'avait-il préparée et bue ? Mon oncle était-il la bête qui terrorisait Sheperd Falls ?

Si c'était bien lui, je ne pouvais pas rester ici. Je courais un terrible danger. Je devais apprendre la vérité, il n'y avait pas de temps à perdre.

Mais comment ?

Étendue dans mon lit, l'esprit en alerte, j'élaborai un plan.

Le lendemain soir, je le mis à exécution. Vers la fin du dîner, après avoir refusé de prendre un dessert, je quittai la table et me dirigeai vers le laboratoire d'Oncle Jekyll pour m'y cacher.

17

Je tournai la poignée de la porte et me faufilai à l'intérieur de la pièce.

Sur la grande table, j'aperçus deux récipients en verre remplis d'un liquide violet. Juste à côté, un tube de verre déversait une substance transparente dans une grande bouteille.

Oncle Jekyll et Marianna finissaient leur dîner. Le repas avait été très calme, presque silencieux. Marianna avait passé son temps à lancer des regards noirs à son père. Ce dernier avait fait semblant de ne pas les voir.

Je savais que je disposais de très peu de temps pour me cacher. Mon oncle avait l'habitude de retourner travailler tout de suite après le dîner.

Mes yeux parcoururent la grande pièce encombrée d'objets. Où trouver un lieu sûr où me cacher pour espionner Oncle Jekyll ?

Une rangée de placards métalliques installés en face de la table attira mon regard. Je m'élançai vers eux.

J'entrepris d'ouvrir les portes une à une. Les compartiments, très étroits, étaient tous encombrés. Il n'y avait pas suffisamment de place pour m'abriter. Soudain la voix d'Oncle Jekyll résonna dans le couloir. Il se disputait à nouveau avec Marianna.

« Je vais me faire surprendre ! » réalisai-je avec affolement.

Les tempes bourdonnantes, j'ouvris la porte de la dernière armoire. Par chance, elle ne contenait que quelques vieux journaux.

J'étais sauvée !

Je pris une profonde inspiration et me glissai à l'intérieur. J'attirai le battant vers moi tout en prenant soin de ménager une ouverture assez grande pour pouvoir épier mon oncle à ma guise.

À peine avais-je achevé mes manœuvres qu'Oncle Jekyll pénétra dans le laboratoire. L'observant à travers l'étroite fente, je retins mon souffle. M'avait-il aperçue au moment où je refermai la porte du placard ? Pouvait-il entendre mon cœur, qui battait aussi fort qu'un tambour ?

Il s'approcha de la table et examina les récipients contenant le liquide violet. Je compris qu'il ne m'avait pas vue. Je m'appuyai contre le fond de l'armoire et repris peu à peu une respiration normale.

Oncle Jekyll versa délicatement le liquide dans plusieurs tubes à essais. Puis il régla des cadrans de l'appareil électronique qui était installé à l'extrémité de la table.

« Sur quoi est-il en train de faire des recherches ? me demandai-je. Il travaille avec une telle hâte ! On dirait qu'il agit dans l'urgence. Il doit passer vingt heures par jour dans son laboratoire. Pourquoi travaille-t-il si dur ? Quel but poursuit-il ? »

Je cherchais les raisons d'un tel comportement. Je voulais tant que mon oncle soit un homme bon ! Je redoutais par-dessus tout d'apprendre qu'il était un savant fou, un personnage maléfique, une créature… Je croisai les doigts pour que les accusations des habitants du village soit démenties.

« J'espère que son projet n'a rien à voir avec la créature qui ravage le village. Peut-être cherche-t-il le remède à une maladie, me dis-je. Peut-être se dépêche-t-il parce qu'il est en compétition avec un autre scientifique. »

Oncle Jekyll s'agitait frénétiquement. Il mélangeait des produits, dosait et transvasait d'un récipient à un autre des substances variées, tournait des cadrans et des boutons. Il prit un tube à essai rempli d'un liquide et le maintint avec une pince au-dessus d'une flamme. Bientôt le contenu du récipient se mit à bouillonner. Oncle Jekyll prit une sorte de sonde électrique. Il la plongea dans le liquide sombre. Un bruit de grésillement retentit.

Tête baissée, les épaules voûtées sous sa blouse blanche, il travaillait fiévreusement, sans jamais s'accorder le moindre répit.

Coincée dans le placard dans une posture inconfortable, je sentais les crampes m'assaillir peu à peu. Mes genoux pliés et mon dos tordu me faisaient de plus en plus souffrir. Mes bras étaient écrasés contre les parois métalliques. Je me disais que j'avais commis une énorme erreur en doutant de mon oncle. J'aurais dû lui faire confiance. Je n'allais rien apercevoir d'intéressant. Je n'avais rien à faire là, cachée, à l'espionner.

Je le regardai observer le contenu d'un tube à essai en l'élevant en direction d'une des lampes. Le liquide couleur rouille prit une teinte brillante dans la lumière fluorescente. Il l'examina pendant un moment, faisant tourner le récipient entre ses doigts. Puis il renversa la tête en arrière, approcha le tube de sa bouche. Et… absorba le liquide.

Je pressai ma main contre ma bouche pour réprimer un cri d'horreur.

L'effroi me noua la gorge. Oncle Jekyll saisit un récipient empli d'une substance verdâtre et le porta sans hésitation à ses lèvres. Il avala bruyamment. Puis il se pencha en avant et s'appuya lourdement contre la table comme s'il attendait que les liquides fassent effet. Paralysée par l'angoisse, je ne pouvais détacher mon regard de sa silhouette.

Oncle Jekyll ferma les yeux.

Soudain, sa bouche se tordit et ses genoux commencèrent à ployer. Il laissa échapper un hurlement de douleur. Ses yeux fous roulaient dans leurs orbites. Son visage devint rouge écarlate. Il poussa un nouveau cri perçant. C'était… le cri d'un loup.

Il ferma les yeux, frappa la table de ses deux mains et passa nerveusement ses doigts dans ses cheveux blancs, transformant sa chevelure en un paquet de mèches hérissées. Un nouveau cri terrible jaillit de sa poitrine. Il fit demi-tour et s'avança en titubant vers la sortie, pareil à un animal. Poussant des gémissements et des grognements, il passa la porte du laboratoire et disparut.

Mon cœur était totalement affolé. Une douleur dans la poitrine me fit réaliser que j'avais retenu mon souffle durant toute la scène. J'évacuai bruyamment l'air contenu dans mes poumons et repoussai la porte de l'armoire avec l'épaule. Je m'extirpai péniblement de l'étroite cachette.

– C'est affreux, dis-je dans un murmure. Il est la bête ! Oncle Jekyll et la créature ne font qu'un.

Ma tête tournait. Je portai mes mains à mes joues. Elles étaient brûlantes !

« Que puis-je faire ? me dis-je. À qui puis-je le dire ? Il faut que je trouve un moyen de venir à son secours ! »

Je n'arrivais pas à penser de façon claire. Le visage torturé d'Oncle Jekyll dansait devant mes yeux.

Je regardai fixement les tubes à essai vides qui gisaient sur la grande table. Comment faisait-il pour avaler de pareilles substances ?

« Il ne faut pas que je reste dans le laboratoire », me dis-je.

Je me tournai vers la porte et poussai un hurlement de terreur. Oncle Jekyll était revenu ! Respirant à grand bruit, il me jetait des regards furieux depuis le seuil.

– Heidi, gronda-t-il. Je suis navré que tu aies tout vu.

18

Il se dirigea vers moi en roulant les yeux d'un air sauvage. Sa poitrine se soulevait au rythme de son souffle rauque. Je reculai peu à peu. Mais bientôt mon dos heurta les armoires métalliques.

Oncle Jekyll n'était plus qu'à quelques centimètres de moi. Il saisit mon bras.

– Oncle Jekyll ! m'écriai-je. Que fais-tu ?

– Tu n'aurais pas dû voir ça, dit-il de sa voix rocailleuse.

– Laisse-moi ! l'implorai-je.

Mais ses doigts osseux ne lâchèrent pas prise. Il m'attira vers lui. Je compris que toute résistance était vaine. Il me traîna hors du laboratoire, me fit grimper les escaliers à sa suite et me jeta dans ma chambre. Je me retournai pour lui faire face.

– Pourquoi fais-tu ces expériences ?

Ignorant ma question, il quitta la pièce et referma rapidement la porte derrière lui. J'entendis le bruit d'une clé dans la serrure.

J'étais enfermée !

– Oncle Jekyll, laisse-moi sortir ! protestai-je. Je veux t'aider ! Explique-moi ce qui se passe !

– Je t'enferme pour ton bien, répondit-il en grognant.

L'oreille collée au battant, j'écoutai le bruit de son pas lourd s'éloignant dans les escaliers. Quelques instant plus tard, la porte d'entrée claqua.

Je me précipitai vers la fenêtre. J'aperçus sa haute silhouette qui s'engageait sur le chemin menant au village, avant de disparaître au milieu des ombres de la nuit.

« Pourquoi m'a-t-il enfermée ? Que va-t-il faire de moi à son retour ? » me demandai-je, le cœur battant la chamade.

Bientôt des appels terrifiés me parvinrent par la fenêtre ouverte. Ils provenaient du village.

Je ne pouvais pas rester sans rien faire. Il fallait que je sorte au plus vite.

Après avoir essayé sans succès d'ouvrir la porte en donnant des coups d'épaule dans le battant, je retournai à la fenêtre. Les cris de terreur avaient redoublé. À présent, des flammes s'élevaient vers le ciel. Une sirène mugit.

Je passai la tête par la fenêtre. J'étais au deuxième étage. Il n'y avait pas d'arbre auquel m'agripper pour descendre ni de buisson en dessous capable d'amortir une chute. Je ne pouvais pas sauter sans me briser le cou.

À l'angle de la maison, j'aperçus la gouttière en métal. Recouverte de rouille et de peinture écaillée, elle courait le long du toit, puis descendait jusqu'au sol.

« Si j'arrive à l'entourer de mes deux mains, je peux me laisser glisser en bas, pensai-je. Mais est-ce qu'elle supportera mon poids ? »

Il n'y avait qu'une seule façon de le vérifier.

Je me penchai davantage au-dehors et tendis les mains pour l'attraper. Mais elle était bien trop loin. Je saisis une chaise et l'approchai de la fenêtre. Je grimpai dessus, jambes tremblantes. Surplombant le vide, je tendis les mains vers la gouttière. Mes doigts effleurèrent le métal rouillé et… je perdis brusquement l'équilibre. Je basculai en avant, jaillis de la fenêtre et roulai sur le toit.

19

Je poussai un cri de terreur et tentai une dernière fois d'agripper la gouttière. Par miracle, je réussis à la saisir. Le métal rouillé m'écorcha les paumes.

Je serrai la colonne métallique et me laissai glisser. Mais ma descente, trop rapide, rendit la douleur intenable. Incapable de résister plus longtemps, je lâchai prise et retombai lourdement sur le sol.

Je restai sur le dos pendant un long moment. La violence du choc m'avait coupé le souffle. J'eus l'impression de ne plus sentir mon corps. Étais-je en train de mourir ?

Puis j'éprouvai la vive douleur qui paralysait mes poumons. Je parvins à la surmonter pour prendre une profonde inspiration. Peu à peu, mes idées s'éclaircirent. Je sentis la neige dans mon cou, la froideur du sol à travers mes vêtements. Le sang battait douloureusement dans mes mains endolories.

Je contemplai la silhouette de la maison se découpant au-dessus de moi sur le ciel sombre.

Puis, ma respiration ayant retrouvé un rythme régulier, je m'assis avec précaution. Je perçus à nouveau le tumulte qui régnait au bas de la colline.

– Oncle Jekyll, dis-je d'une voix étranglée.

Je me redressai difficilement. Le sol vacillait sous mes pieds. Je fermai les yeux quelques instants, attendant que mes jambes cessent de trembler. Je me frottai les paumes avec de la neige fraîche, puis j'entrepris de descendre la colline par petites foulées prudentes. J'ignorais ce que je ferais une fois que j'aurais rejoint le village. Mais c'était le seul endroit où je pouvais me rendre.

« Il faut que j'aide Oncle Jekyll à se sortir de cette situation », pensai-je en poursuivant ma course.

Soudain une explosion assourdissante me figea. Un énorme rideau de flammes s'élevait au cœur du village. Une clameur recouvrit bientôt le rugissement du brasier.

Brusquement, je réalisai que mes projets étaient insensés. Oncle Jekyll était une bête à présent. Il n'était plus un être humain, mais une créature malfaisante.

Il fallait l'arrêter à tout prix.

Hors d'haleine, j'arrivais aux abords du village. Je passai en courant près d'une voiture renversée et pénétrai dans la rue principale. Les gens, ne sachant où trouver refuge, couraient en tous sens. Des officiers de police patrouillaient, armes à la main, prêts à faire feu. La colère se lisait sur leurs visages.

– Va-t'en d'ici ! m'apostropha un homme. La bête est déchaînée ce soir !

Les cris qui s'élevaient de toutes parts étaient entrecoupés de détonations d'armes à feu. Je tournai les talons, pressée de quitter les lieux.

Mais il était trop tard.

– Noooon ! gémis-je, terrassée par la peur.

Sous mes yeux effarés, la créature venait de jaillir dans une allée toute proche. Recouverte d'un pelage gris hérissé, elle ressemblait véritablement à un loup !

Elle avança dans ma direction d'une démarche raide et pesante. Elle émettait par instants des grondements et faisait claquer ses mâchoires dégoulinantes de bave. Ses yeux rouges, flamboyants, me fixaient intensément. Terrorisée, je partis à reculons sur une pelouse recouverte de neige. Il était trop tard pour courir. Trop tard pour se cacher. La créature approchait, le corps arqué, prête à attaquer. Je cherchai autour de moi quelque chose qui pourrait me servir d'arme. Mais il n'y avait rien.

Poussant un râle affreux, la bête écarta ses bras velus et plongea sur moi.

20

Je fis volte-face. Mais, paralysée par la terreur, je trébuchai et m'étalai de tout mon long dans la neige. Je jetai un regard par-dessus mon épaule. J'eus à peine le temps de voir une lourde patte s'abattre sur mon dos.

– Nooon ! suffoquai-je.

Poussant des grognements sourds, la bête me maintenait fermement sur le sol.

– Oncle Jekyll..., dis-je d'une voix étranglée. Je t'en prie...

La créature tendit son museau vers le ciel et se mit à rugir férocement. Au même instant, j'aperçus une silhouette qui courait vers nous.

C'était Greg ! Il tenait entre ses mains une batte de base-ball.

– Heidi... cours ! cria-t-il.

Les flammes qui ravageaient la carcasse d'une voiture éclairèrent son visage. Je vis que ses traits étaient déformés par la peur.

– Je ne peux pas ! parvins-je à articuler. Je suis coincée !

Greg était tout près à présent. Il agitait son arme nerveusement. La bête retira sa patte. Poussant des rugissements de colère, elle se redressa et se tourna pour faire face au garçon.

– C'est mon oncle, hurlai-je à Greg. Je l'ai vu absorber une potion, et...

Ma voix fut couverte par un nouveau grondement.

– Tu dois fuir d'ici, Heidi ! cria Greg d'une voix perçante. Les habitants du village veulent se débarrasser de ton oncle ! Ils ont décidé de monter dans la colline et de brûler sa maison !

La bête ne me laissa pas le temps de protester. Elle me repoussa brutalement sur le côté, arracha la batte des mains de Greg et la jeta au loin. Puis elle agrippa le garçon de ses deux pattes velues, le souleva sans effort au-dessus de sa tête et le projeta dans le brasier. Le corps raidi par l'horreur, je vis Greg disparaître au milieu des flammes. Surmontant mon effroi, je m'élançai vers le brasier pour lui venir en aide, mais la créature me barra la route. Agitant ses bras puissants devant moi, elle tenta de me griffer. Un premier coup de patte lacéra ma parka. Le second visait mon visage. J'eus tout juste le temps de l'esquiver en plongeant à terre. Je me mis à ramper sur le sol, puis me redressai vivement au moment où Greg bondit hors des flammes. Il se roula frénétiquement dans la neige pendant quelques secondes, puis se releva.

– Tout va bien, Heidi ! cria-t-il, mettant ses mains en porte-voix. Cours !

Je restai immobile pour m'assurer qu'il n'était pas brûlé et que tout allait vraiment bien. La créature, furieuse, se dirigea à nouveau vers moi. Elle tenta d'accélérer son allure, mais, par chance, elle perdit l'équilibre et tomba à genoux dans la neige. Je profitai de l'aubaine pour m'enfuir en direction de la colline. Je n'avais pas le choix. À part la maison de mon oncle, je n'avais aucun endroit où aller. Tout en courant éperdument, je jetai un coup d'œil par-dessus mon épaule.

La créature me suivait d'un pas chancelant.

Cette vision m'arracha un cri d'effroi. Incapable de réfléchir, j'accélérai ma course et arrivai bientôt en vue de la maison. Je me précipitai à l'intérieur, la gorge nouée, et restai figée au milieu de l'entrée plongée dans l'obscurité.

Où pouvais-je me cacher ? Existait-il un endroit où je serais en sécurité ? Il fallait que je me mette à l'abri en attendant que l'effet de la potion se dissipe. Ensuite, j'essayerais de parler à Oncle Jekyll. Peut-être pourrais-je le convaincre de m'envoyer vivre ailleurs, dans un endroit sûr. Mais où ? Cette maison était à présent la mienne.

Tout à coup, je repensai aux projets des villageois. Ils voulaient réduire cette demeure en cendres !

Je serrai mon crâne des deux mains. Mon cerveau semblait sur le point d'exploser !

J'entendis alors un faible grognement au-dehors.

J'étais si paniquée que j'avais laissé la porte d'entrée grande ouverte ! La créature serait là d'un instant à l'autre.

« Vite, je dois trouver une cachette », m'affolai-je. Je renonçai à revenir sur mes pas pour fermer la porte et m'élançai dans le couloir. La porte du laboratoire était restée ouverte. Les lumières étaient toujours allumées. Je m'arrêtai au milieu de la pièce, en quête d'un endroit où me dissimuler. Devais-je me glisser à nouveau dans l'armoire métallique ? C'est alors que mes yeux s'arrêtèrent sur la grande table encombrée et qu'une idée folle me traversa l'esprit. « Je dois boire la potion ! me dis-je. Je dois faire comme Oncle Jekyll et me transformer à mon tour. C'est l'unique moyen pour pouvoir affronter la bête et être sauvée. »

Était-ce une idée stupide ou bien géniale ? Je n'avais pas le temps d'y réfléchir. Les pas de la créature résonnaient déjà dans le couloir.

Je me précipitai vers la table, saisis le tube à essai et le portai à mes lèvres.

Il était vide. Je l'agitai et scrutai l'intérieur. Mon oncle n'avait pas laissé une seule goutte de sa potion magique ! Le second tube était tout aussi vide. Il m'échappa des mains et tomba sur le sol au moment où la bête pénétra dans la pièce. Ses pieds velus faisaient un bruit mouillé en claquant sur le sol. Elle retroussa ses babines noires pour dévoiler des crocs de loup.

– Oncle Jekyll, dis-je à voix basse tout en reculant. Ses yeux rougeoyants plongés dans les miens, elle s'approcha de moi.

– Oncle Jekyll... c'est moi..., Heidi, balbutiai-je d'une voix tremblante. Tu me reconnais ?

La bête ouvrit largement ses mâchoires et poussa un rugissement de colère. Elle agitait ses pattes devant elle comme si elle tentait de se frayer un chemin dans une forêt invisible.

Elle avança vers moi en chancelant. Une écume blanche bouillonnante coulait de sa gueule. Ses grognements se mêlaient au bruit de sa respiration sifflante. Je fus bientôt acculée contre le mur. Prête à l'attaque, la bête leva ses deux pattes au-dessus de sa tête. Je mis mes mains devant moi pour me protéger.

C'est alors que j'entendis un bruit dans le couloir. La bête s'arrêta net et se détourna de moi.

Je regardai par-dessus son épaule velue et vis quelqu'un arriver en courant.

C'était... Oncle Jekyll !

21

– Heidi ! m'appela-t-il depuis le pas de la porte. Est-ce que tu vas bien ?

Je voulais lui répondre, mais aucun son ne parvenait à franchir mes lèvres. Tremblant de tous mes membres, les yeux écarquillés, je regardai mon oncle, puis la bête, puis encore mon oncle.

Je m'étais donc trompée ! Oncle Jekyll n'était pas la créature !

La bête fit un signe de patte à Oncle Jekyll comme pour l'avertir de se tenir à distance. Puis elle se retourna vers moi, prête à bondir. Oncle Jekyll entra précipitamment dans la pièce, se plaça derrière la bête et la saisit à bras le corps pour l'éloigner de moi. La bête se débattait de toutes ses forces, mais mon oncle tenait bon. Il resta fermement agrippé à la créature jusqu'à ce qu'elle arrête finalement de bouger.

Poussant un long soupir, elle baissa la tête et ferma les yeux. Ses épaules se voûtèrent, son corps entier s'affaissa. Oncle Jekyll la serrait toujours, pressant sa tête contre le dos recouvert de fourrure.

Peu à peu, la créature commença à se transformer. Sa fourrure disparaissait. La lueur rouge qui brillait dans ses yeux s'estompait. La gueule aux babines noires se muait en visage.

Je contemplais la scène, interdite. La bête, recroquevillée sur elle-même, rapetissait de plus en plus. Et quand elle releva la tête, elle s'était transformée en… Marianna !

Elle appuya sa tête contre la poitrine de son père et se mit à pleurer doucement. Oncle Jekyll leva vers moi ses yeux rougis.

– Je t'avais enfermée dans ta chambre pour que tu sois en sécurité, Heidi, dit-il dans un murmure. Tu aurais dû y rester. Je ne voulais pas que tu sois mêlée à cette histoire.

– Je… je voulais faire quelque chose pour t'aider, bégayai-je, sous le choc.

Les mots s'éteignirent dans ma gorge.

Marianna leva la tête. Des larmes roulaient sur ses joues.

– Papa, murmura-t-elle. Que vais-je devenir ?

Oncle Jekyll lui caressa les cheveux :

– Je l'ignore, Marianna. Mais tu sais que je travaille nuit et jour à rechercher un remède qui puisse te guérir.

Marianna éclata en sanglots.

– Je ne peux pas continuer comme ça, papa. Vivre comme un être humain le jour… et devenir une bête immonde la nuit.

– Je sais, dit Oncle Jekyll à voix basse. Je continuerai à chercher sans relâche. Je continuerai à boire toutes les mixtures que je conçois, à les tester sur moi pour voir quels effets elles produisent. Je ferai tout ce qui est en mon pouvoir pour trouver le bon mélange qui t'empêchera de te transformer.

J'avalai la salive avec difficulté.

– Mais, Oncle Jekyll, comment une telle chose s'est-elle produite ? demandai-je, ébahie. Qu'est-il arrivé à Marianna ?

Il laissa échapper un soupir de désespoir :

– Cela s'est passé il y a cinq ans. Marianna avait sept ans. Au cours d'un voyage en Europe, notre voiture est tombée en panne au beau milieu d'une forêt.

Il poussa un nouveau soupir.

– Tandis que j'attendais la dépanneuse, Marianna est allée se promener dans la forêt, poursuivit-il. Elle s'est perdue, et quand je l'ai finalement retrouvée…

Il ravala un sanglot.

– … quand je l'ai retrouvée, elle m'a parlé d'une créature de la forêt qui l'avait attaquée et mordue. Je ne savais pas s'il fallait que je la croie. Elle avait tellement l'habitude de raconter des histoires !

Il adressa un regard désolé à sa fille.

– Une seule morsure de cette créature a suffi à ruiner l'existence de Marianna. Quelques semaines plus tard, elle s'est transformée pour la première fois. Et, à présent, presque chaque nuit elle devient une bête féroce. Je cherche un remède depuis cette époque. Je sens que j'approche du but, mais…

Il s'interrompit. Des éclats de voix et des bruits de pas nous parvenaient de la colline.

Soudain, une pierre brisa la fenêtre du laboratoire. Nous entendîmes les villageois assoiffés de vengeance scander au-dehors :

– Mort à la bête ! Mort à la bête ! Mort à la bête !

22

Les gens se mirent à tambouriner contre la porte d'entrée. Des cris s'amplifièrent.

– Brûlez la maison !

– Tuons d'abord la bête !

Une nouvelle pierre fut projetée dans le laboratoire. Elle percuta une étagère encombrée de récipients en verre, qui volèrent à travers la pièce avant de se fracasser sur le sol. Les yeux écarquillés par la peur, Oncle Jekyll entourait toujours Marianna de ses bras. La panique commençait à nous submerger.

– Ils sont fous ! m'exclamai-je. Ils vont tous nous tuer ! Il n'y a aucune issue ?

Oncle Jekyll nous prit chacune par la main.

– Il existe un passage qu'ils ne connaissent pas, dit-il en nous entraînant vers la porte. Mais il faut faire vite.

Sans perdre un instant, nous partîmes en courant dans le couloir. Soudain un craquement terrible retentit au rez-de-chaussée.

– Ils ont brisé la porte d'entrée, dis-je dans un souffle.

– Par ici ! s'écria Oncle Jekyll.

Nous traversâmes un autre couloir, puis une pièce étroite. Les villageois s'étaient engouffrés dans la maison. Je sentis une odeur de fumée.

– Ils ont mis le feu ! m'exclamai-je.

Oncle Jekyll ouvrit une petite porte.

– Vite, entrez là, ordonna-t-il.

Nous découvrîmes un escalier raide qui conduisait au deuxième sous-sol. Oncle Jekyll referma la porte derrière nous.

À l'intérieur de la maison l'agitation augmentait sans cesse.

– Ils nous cherchent, murmura Marianna. Ils nous trouveront même ici. Et nous serons pris au piège si la maison brûle entièrement.

Oncle Jekyll posa un doigt sur ses lèvres. Son regard exprimait une détermination farouche. Il nous guida à travers le sous-sol encombré de vieilles malles.

Il attrapa une torche posée sur un établi. Nous le suivions en trottant.

Il s'arrêta devant une grande caisse en bois posée contre un mur :

– Aidez-moi !

Il s'arc-bouta contre la caisse et poussa de toutes ses forces. Marianna et moi nous précipitâmes de l'autre côté pour la tirer vers nous. Au-dessus de nos têtes, nous pouvions entendre les villageois fouillant la maison de fond en comble.

La caisse se mit à se déplacer, millimètre par millimètre. Après plusieurs minutes d'effort, nous parvînmes enfin à faire apparaître une petite ouverture qui se découpait au bas du mur.

– C'est un tunnel, annonça Oncle Jekyll en essuyant du revers de sa manche la sueur qui luisait sur son front.

Je jetai un coup d'œil inquiet dans le passage obscur.

– Où conduit-il ?

– Au bas de la colline, derrière le village, répondit-il. Il débouche à un kilomètre de l'autoroute. Si nous arrivons là-bas, nous serons sauvés. Nous pourrons trouver une voiture qui nous emmènera loin d'ici. Un bruit violent provenant de l'étage supérieur me fit sursauter. L'odeur de la fumée nous parvenait à travers le couloir.

– Dépêchons-nous, nous pressa Oncle Jekyll en allumant sa torche électrique. Nous devons être sortis du tunnel avant qu'ils commencent à fouiller le sous-sol.

Je baissai la tête et pénétrai dans l'étroite ouverture. Le tunnel en béton percé dans la colline était arrondi et bas. Dos courbé, nous commençâmes notre progression dans le passage. Il tourna légèrement puis amorça une descente. Le cercle lumineux projeté par la torche d'Oncle Jekyll dansait devant nous.

Personne ne prononçait le moindre mot. Les seuls bruits qu'on entendait étaient ceux de nos pas et de notre respiration. Je tendais l'oreille pour savoir si nous n'étions pas suivis. Mais heureusement les habitants du village n'avaient pas encore découvert le tunnel.

Après quelques minutes, je m'arrêtai :

– Attendez !

Ma voix résonna dans le tunnel.

– Qu'y a-t-il, Heidi ? demanda Oncle Jekyll d'un ton sec. Il nous reste encore un long chemin à parcourir. Nous n'avons pas une minute à perdre.

– Je dois faire demi-tour, répondis-je. J'ai oublié quelque chose.

– Ne fais pas ça ! s'écria Marianna, la voix étranglée par la peur. Ils vont te capturer et te tuer !

– Qu'as-tu oublié de si important ? demanda Oncle Jekyll, à bout de patience.

– C'est un journal intime très ancien.

– Non, Heidi..., commença mon oncle.

Mais je ne lui laissai pas le temps de finir. Je tournai les talons et m'enfuis en direction du sous-sol de la maison. Je savais que c'était complètement insensé. Mais le vieux journal était trop précieux pour être abandonné. C'était certainement une pièce d'une grande valeur historique. Je ne pouvais pas le laisser disparaître dans l'incendie de la maison.

– Heidi, reviens !

L'appel d'Oncle Jekyll réveilla un écho dans le tunnel. Mais j'étais déjà loin.

Bientôt, je me trouvai devant l'entrée du passage. Je pénétrai dans le sous-sol.

Une épaisse fumée noire avait envahi la pièce. Son odeur âcre me serra la gorge. Une main plaquée devant mon visage, les yeux larmoyants, je me précipitai vers les escaliers qui menaient au rez-de-chaussée. J'entendais les villageois survoltés s'interpeller et courir au-dessus de ma tête. Réussirais-je à rejoindre ma chambre ? Pourrais-je sauver le vieux journal et m'échapper de nouveau ?

23

Une fois arrivée en haut des marches, je marquai un temps d'hésitation. Je craignais de tomber nez à nez avec les villageois déchaînés.

Mais mes poumons étaient sur le point d'exploser. Je ne pouvais attendre davantage. Il fallait que je quitte le sous-sol et son atmosphère irrespirable. Je poussai la porte et me glissai dans le couloir. Par chance, l'endroit était désert.

On entendait des cris et le crépitement des flammes. Je me dirigeai vers l'escalier en longeant le mur.

Je vis deux hommes munis de haches mettre en pièces le mobilier de la cuisine. Les rideaux et le canapé d'un petit salon se consumaient, tandis que dans la salle à manger un groupe d'adolescents fracassait les fenêtres et les meubles.

Soudain, un bruit de cavalcade retentit derrière moi. Je me glissai rapidement dans un placard. Depuis ma cachette je vis passer deux hommes portant des torches enflammées.

– La bête n’a pas pu se sauver ! cria l’un.

– Elle ne quittera pas cette maison ! renchérit le second.

Leurs paroles haineuses me frappaient comme des coups de poignards.

« Vous ne connaissez pas la vérité, pensai-je amèrement. Vous ne savez pas que c’est Marianna la bête, et qu’elle n’y peut rien. Vous ignorez avec quel acharnement mon oncle travaille pour trouver un remède et débarrasser sa fille de cette malédiction. » Mais tout cela n’avait plus la moindre importance. Oncle Jekyll et Marianna ne retourneraient sans doute jamais au village et ils ne reverraient jamais leur maison. Car il ne resterait plus rien du manoir une fois la besogne des villageois achevée.

La lueur d’une explosion éclaira le couloir. Je jetai un coup d’œil inquiet et constatai que la voie était de nouveau libre. Je me précipitai vers l’escalier et commençai à grimper les marches en courbant le dos pour ne pas me faire repérer.

« Pourvu que je retrouve le journal et que je puisse regagner le tunnel pour rejoindre Marianna et Oncle Jekyll ! » implorai-je en silence.

J’atteignis le haut de l’escalier à bout de souffle. Des voix provenaient de la chambre de Marianna. Des bruits de coups m’indiquèrent que la pièce était mise à sac. J’entrai en trombe dans ma chambre. Il me sembla qu’un cyclone avait tout balayé sur son passage. Les tiroirs de ma commode étaient renversés sur le sol. Mes vêtements étaient dispersés aux quatre coins de la pièce. Les rideaux avaient été arrachés de leur tringle, la fenêtre brisée. Mais cela m'importait peu. Je me ruai vers les étagères et retirai le panneau qui fermait le compartiment secret. Le vieux journal se trouvait toujours à l'intérieur. Je le saisis. J'étais si nerveuse qu'il faillit m'échapper des mains. Je jetai un regard en direction de la porte pour m'assurer que personne ne m'avait vue et je glissai le carnet dans la poche de ma parka.

Je regardai une dernière fois ma chambre dévastée et regagnai le couloir en frissonnant d'effroi. Je m'arrêtai net en entendant des éclats de voix dans la pièce à côté.

– Fouillons le grenier ! s'écria quelqu'un avec rage.

Je me mis à courir en direction des escaliers. Je sentais le journal rebondir dans ma poche au rythme de ma foulée. Je ralentis en haut des marches pour m'assurer que le chemin était dégagé.

Il n'y avait personne.

Je posai la main sur la rampe. Soudain une main agrippa mon bras droit. Je me retournai brusquement et découvris deux hommes, les cheveux en bataille et le visage ruisselant de sueur. Une lueur de folie brillait dans leurs yeux.

– On en a un ! cria l'un d'eux.

Le second approcha son visage de moi.

– Conduis-nous à la bête ! me lança-t-il d'un ton hargneux. Ou tu peux dire adieu à la vie !

24

– Noooon ! hurlai-je en me débattant comme une furie.

Mais je n'étais pas de taille à lutter contre eux.

– Dis-nous où se cache la bête, et nous te laisserons partir ! grommela l'un des hommes.

– Mais… je ne sais pas de quoi vous parlez ! protestai-je. Je viens de m'installer ici. Je…

Mes agresseurs me fixaient d'un air soupçonneux.

– Dis-nous la vérité. Sinon tu ne quitteras jamais cette maison !

– Laissez-la partir ! hurla alors quelqu'un.

Nous nous retournâmes tous les trois. Greg courait vers nous :

– Elle n'est au courant de rien ! Elle vient juste d'arriver. Je l'ai rencontrée à la gare des bus lundi dernier.

Les deux hommes ne lui prêtèrent pas attention. Ils lâchèrent mon bras, mais ne bougèrent pas d'un pouce.

– Où se cache la bête ? continuaient-ils à vociférer. Sans attendre plus longtemps, Greg attrapa ma main et m'entraîna dans l'escalier.

– Je l'emmène avec moi, lança-t-il aux deux villageois. Vous ne voyez pas qu'elle vous dit la vérité ? Nous dévalâmes les marches, fendant l'épaisse fumée qui montait du rez-de-chaussée. Derrière nous les deux hommes se tenaient immobiles. Ils avaient renoncé à nous poursuivre.

– Nous devons sortir d'ici, le plus vite possible ! cria Greg. Ils vont détruire la maison entière. Ils continueront tant qu'ils n'auront pas capturé ton oncle.

– Suis-moi ! lui lançai-je.

Je guidai Greg jusqu'à la porte du sous-sol. Nous descendîmes l'escalier et rejoignîmes l'entrée du tunnel. Nous plongeâmes dans le passage obscur. Nous le parcourûmes à un rythme effréné, éclairés seulement par la faible lueur d'un briquet que Greg avait sorti de sa poche. Je vérifiai régulièrement si personne n'était à nos trousses.

Nous eûmes le sentiment de parcourir des kilomètres. Nos jambes nous faisaient de plus en plus souffrir. Lorsque nous atteignîmes enfin la sortie, nous étions hors d'haleine.

– Oncle Jekyll, Marianna ? appelai-je, regardant autour de moi.

Il n'y avait aucune trace d'eux.

Avaient-ils réussi à se réfugier en lieu sûr ? Les reverrais-je un jour ?

Rejetant en arrière mes cheveux trempés de sueur, j'examinai les alentours. Le tunnel nous avait conduits assez loin de Sheperd Falls, près de l'autoroute. Derrière, on apercevait le village déserté. Je tentai de distinguer la maison de mon oncle, en haut de la colline, mais ne vis qu'un mur de flammes.

Les larmes me montèrent aux yeux. Incapable de faire le moindre geste, j'observais les restes du manoir s'affaisser et se consumer dans les flammes déchaînées. Greg me prit la main et m'éloigna doucement de ce triste spectacle.

Plus tard dans la soirée, nous dînions dans la cuisine de Greg avec sa mère. Elle m'avait gentiment accueillie et m'avait proposé de rester chez eux jusqu'à ce que l'on contacte un autre membre de ma famille.

Par la fenêtre on voyait les habitants du village revenir du haut de la colline. Je savais qu'ils étaient mécontents. Ils avaient détruit la maison d'Oncle Jekyll, mais ils n'avaient pas capturé la bête.

Je tremblais encore en repensant aux flammes qui se dressaient vers le ciel. Je me demandais si Marianna et Oncle Jekyll étaient en sécurité. Sans doute, puisqu'à présent ils étaient loin de la colère des villageois. Le cauchemar était terminé.

Je me rappelai soudain le journal.

– Il faut que je te montre quelque chose, dis-je à Greg.

Je pris le petit cahier dans la poche de ma parka suspendue au portemanteau de l'entrée, et regagnai la cuisine.

– Qu'est-ce que c'est ? me demanda Greg.

– C'est la raison pour laquelle je suis revenue sur mes pas lorsque j'étais dans le tunnel avec Oncle Jekyll et Marianna, lui dis-je avec exaltation. C'est un journal ancien. Je l'ai trouvé caché dans ma chambre, et je pense qu'il a une grande valeur. Je crois que c'est le journal du vrai docteur Jekyll.

– Quoi ? s'exclama Greg, les yeux ronds. Laisse-moi voir ça.

Il me prit le livre des mains et examina la couverture abîmée. Puis il commença à parcourir les pages, plissant les yeux pour déchiffrer l'écriture minuscule.

– C'est génial ! dit-il avec enthousiasme.

Le regard de Greg s'arrêta brusquement sur une page. Le garçon leva des yeux étonnés vers moi :

– Ce n'est pas un journal ancien. Regarde !

Il me tendit le cahier, ouvert à l'une des pages du début.

Je lus l'inscription à voix haute : « Ce journal appartient à Marianna Palmer. »

Cette découverte me coupa le souffle. Je n'avais pas vu cette page ! C'était incroyable ! Ainsi tout ce qui était écrit dans le vieux carnet ne datait pas de plusieurs dizaines d'années, mais de ces derniers mois. Et c'était Marianna qui était l'auteur de ces lignes. Quand avait-elle arrêté son récit ? Je feuilletai fébrilement le journal jusqu'à trouver le dernier paragraphe. J'approchai le carnet de mes yeux et parcourus le texte. Au moment où je découvris les mots de Marianna, le sang se glaça dans mes veines.

Le terrible cauchemar n'était pas fini. Il venait tout juste de commencer.

... J'ai caché mon journal dans la chambre de ma cousine Heidi. Je ne veux surtout pas que quelqu'un mette un jour la main dessus. Personne ne doit savoir ce que j'ai fait et à quel point j'ai honte. Je ne me contrôlais pas... c'est mon unique excuse. Peu de temps après que ma cousine était arrivée, je me suis une nouvelle fois transformée en bête. Je n'étais plus moi-même. Je me suis glissée dans sa chambre. Je l'ai vue qui dormait profondément. Je ne pouvais pas m'en empêcher... Je me suis penchée au-dessus de son lit... et je l'ai mordue à l'épaule...

Tremblant de tous mes membres, je levai les yeux vers Greg.

– Qu'est-ce qui ne va pas, Heidi ? s'inquiéta-t-il. Tu as l'air bizarre !

FIN

EXTRAIT

Et pour avoir encore la

Chair de poule®

lis

ces quelques pages de

Cauchemars en série

EXTRAIT

– On ne devrait pas être ici, Rita, murmura Ron.

Le faisceau de sa lampe de poche balayait le tapis miteux qui recouvrait le sol.

– Je sais, dit Rita. Mais puisqu'on est entrés, autant explorer la maison, non ?

Sa torche fonctionnait mal. Elle la secoua, énervée. Elle rejeta en arrière une mèche de ses cheveux noirs qui lui tombait dans les yeux et s'approcha de Ron.

Ils pointèrent leurs torches vers les murs aux papiers peints démodés, puis vers les meubles recouverts d'une épaisse couche de poussière. Un craquement sinistre les fit sursauter tous les deux.

– C'est sans doute le bois qui travaille, chuchota Ron. Elle est si vieille, cette bicoque !

– Moi qui croyais que ce genre de truc n'arrivait qu'au cinéma ! commenta Rita.

Elle souleva l'extrémité d'un drap blanc et éclaira un vieux canapé de velours rouge.

EXTRAIT

– Le cinéma, soupira Ron. On aurait mieux fait d'y aller, au lieu de venir ici !

Il enleva sa casquette de base-ball et s'épongea le front avec la manche de sa chemise.

– Si tu as la trouille, pourquoi tu m'as défiée de venir ici avec toi ? persifla Rita.

– Moi, te défier ? protesta Ron. C'est plutôt le contraire !

– Quelle mauvaise foi ! C'est toi qui en as marre de « L'école de la peur » !

– Oui, mais je ne vois pas le rapport.

– Tu ne supportes plus qu'on se moque de nous en ville. Personne ne nous croit quand on se plaint d'être harcelés par des monstres et des fantômes au collège. En attendant, les élèves y passent plus de temps à hurler de terreur qu'à écouter les profs !

– Oui, mais..., voulut l'interrompre Ron.

– Laisse-moi finir ! insista Rita. Et ce soir, après les cours, tu ne m'as peut-être pas dit que Johnny l'étrangleur ne te faisait pas peur, à toi ? Que tu te fichais pas mal du nombre d'enfants que cet horrible zombie avait déjà assassinés ? Et que tu allais t'introduire chez lui, dans cette maison, où il est mort il y a cinquante ans ? Ensuite, tu m'as mise au défi de t'accompagner.

EXTRAIT

Elle pointa sa lampe de poche en plein sur le visage de Ron et attendit. Il finit par baisser les yeux.

– Bon, c'est vrai, admit-il. Ça s'est passé comme ça. On a forcé la porte et on est entrés. Et maintenant, on est seuls dans le repaire de Johnny... et je ne sais plus quoi faire.

– Tu veux peut-être un conseil ? ironisa Rita. C'était ton idée...

Elle n'eut pas le temps de finir sa phrase. Un autre craquement retentit, plus sinistre encore que le premier. Ils se retournèrent en sursaut. Rien.

– Eh bien, on l'a fait, murmura Ron. On a prouvé que le fantôme de Johnny ne nous faisait pas peur, n'est-ce pas ?

Rita hocha la tête.

– Bon, alors si on s'en allait maintenant ? hasarda son camarade.

Elle ne se le fit pas répéter. Elle tenait à peine sur ses jambes, tant ses genoux tremblaient. Elle suivit Ron jusqu'à la porte d'entrée.

Ron tourna la poignée et poussa un cri de surprise. Il essaya une deuxième fois. Puis encore et encore, de plus en plus frénétiquement. En vain !

– Qu'est-ce qui se passe ? demanda Rita d'une voix angoissée.

– La porte..., gémit Ron. Elle est fermée à clé.

EXTRAIT

– Fermée ? Mais c'est impossible, puisqu'on l'a forcée ! Elle est certainement coincée, c'est tout.

Elle dirigea le faisceau de sa lampe sur la poignée, qu'elle fit tourner, sans plus de succès. Elle passa la torche à Ron et s'y agrippa des deux mains. Elle tira, poussa, s'arc-boutant de tout son poids contre le battant.

– On est entrés par là ! haleta-t-elle, désespérée. Cette porte ne peut pas être fermée !

Ron était blême. De grosses gouttes de sueur coulaient sur son front.

– Cette maison est vide. Qui aurait pu nous enfermer ?

– Comment sais-tu qu'elle est vide ? rétorqua sa camarade. Et Johnny l'étrangleur ?

– Il n'existe pas, voyons, répondit Ron d'une voix mal assurée. Aide-moi, et filons d'ici !

Plus les enfants s'acharnaient sur la porte, plus leur panique augmentait. Ils étaient si occupés qu'ils n'entendirent pas les pas lourds martelant le plancher du salon.

Ils ne virent pas non plus l'horrible créature qui s'approchait lentement d'eux par-derrière.

Penchés sur la poignée, suant sous l'effort, ils ne sentirent pas le souffle glacé qui effleura leurs nuques...

Un grognement sourd s'éleva lentement. Deux mains énormes s'approchèrent du cou de la fille.

EXTRAIT

Le visage du monstre était déformé par un rictus sauvage. Il allait enfin pouvoir à nouveau tuer !

Soudain, un cri strident retentit au-dehors, suivi du bruit d'un corps qui tombe.

Le monstre et les deux enfants sursautèrent.

– Qu'est-ce qui se passe ? demanda le zombie. Ce n'est pas dans le scénario, ça !

EXTRAIT

– Coupez ! Coupez ! s'écria Edward Banyon d'une voix excédée.

Jake Banyon vit son père bondir de son fauteuil de réalisateur. Lui-même essaya de se relever, l'estomac noué. Mais il s'était pris les pieds dans la chaise qui était tombée avec lui.

– Qu'est ce qui s'est passé, Edward ? demanda l'actrice qui jouait Rita. C'était une si bonne prise !

– Je sais, je sais, maugréa le père de Jake. Elle était si bonne que mon fils Jake y a cru. Il en est tombé sur les fesses !

Jake entendit toute l'équipe de tournage éclater de rire. Il trouva cela injuste. Après tout, ce n'était pas sa faute. Tout le monde le dévisageait, l'air hilare. Il se sentit rougir. « Les acteurs vont me détester maintenant, se dit-il. J'ai gâché tout leur travail. »

EXTRAIT

Il jeta un coup d'œil à son amie Jennie, qui haussait les épaules en levant les yeux au plafond.

« Elle doit me prendre pour un vrai débile ! »

– On pourrait en profiter pour faire la pause déjeuner, intervint le zombie. Je meurs de faim.

– Impossible, le coupa Edward. On n'a pas le temps. Tu oublies qu'après chaque pause tu dois passer trois heures chez la maquilleuse. À ce rythme, on ne finira jamais ! On termine la scène, et on ira manger après.

L'équipe poussa des grognements de protestation. L'acteur qui jouait le zombie fit faire quelques raccords à son maquillage effrayant.

Edward Banyon aida son fils à se relever.

– Jake, dit-il en haussant un sourcil, si le film te fait peur à ce point, tu ferais peut-être mieux d'attendre dehors.

– Mais ce n'était pas de la peur ! protesta Jake. J'étais complètement fasciné. Elle est géniale, cette scène, Edward !

Le père de Jake insistait pour que tout le monde l'appelle par son prénom. Même son fils. Jake, lui, aurait préféré l'appeler papa, comme tous les garçons de son âge. Mais Edward était inflexible. « Toi et moi, on est des vrais copains, disait-il toujours. Et les copains s'appellent par leurs prénoms. »

EXTRAIT

Lorsque Jake se résignait, son père lui donnait une claque dans le dos. Edward Banyon distribuait des claques dans le dos à tout le monde. C'était une de ses caractéristiques. L'autre, c'était qu'il ne tenait pas en place. Il faisait toujours des milliers de choses en même temps. Il avait une voix grave et enjouée, des cheveux noirs en bataille, d'épais sourcils et un regard malicieux. Il arrivait à séduire tous ceux qui le côtoyaient.

Il pensait vite, il parlait vite. Il ne marchait pas, il courait. Il était tout le temps pressé. Il lui arrivait de diriger ses acteurs tout en discutant avec la script-girl, en gribouillant des notes sur son calepin et en répondant au téléphone. Parfois, Jake se sentait comme une tortue à côté de son célèbre papa. C'est simple : il avait l'impression de vivre avec un ouragan !

– Je n'ai pas eu peur, insista-t-il. Je me balançais sur cette chaise débile, et j'ai glissé. Je te jure que c'est vrai, Edward !

Son père fit une moue sceptique :

– Tu as parfaitement le droit d'avoir peur, Jake ! C'est une scène vraiment effrayante. Des millions de gens vont hurler de terreur en la voyant.

– Mais j'ai seulement crié parce que j'ai glissé de ma chaise, je t'assure, répéta Jake, mal à l'aise. Crois-moi, Edward, s'il te plaît !

EXTRAIT

Son père se tourna vers Jennie, assise sur un siège pliant. Elle avait douze ans, le même âge que Jake, et était assez jolie avec ses yeux noisette et ses cheveux bruns à reflets blonds. Elle portait un T-shirt rouge et un short kaki. Une bonne douzaine de bracelets tintaient à son bras droit.

Le père de Jennie travaillait dans le cinéma, lui aussi. Il avait quelque chose à voir avec la production et les finances. En tout cas, Jennie n'était pas obligée d'appeler son père par son prénom, et M. Paige ne faisait pas de films d'horreur. Il ne passait donc pas son temps à dire à sa fille qu'elle était une poule mouillée et qu'elle ferait mieux de ne pas assister aux tournages.

– Jennie, il y a un tas de choses à manger à côté, dit Edward. Des sandwichs, des salades… Si tu allais déjeuner avec Jake ?

Sa question ressemblait plus à un ordre. Il regarda Jake en fronçant les sourcils. Puis il retourna sur le plateau pour donner des instructions aux acteurs.

– Tout le monde en place ! Courage, on y est presque ! Coupez les lumières ! Attention… moteur !

Jake suivit Jennie dans la pièce voisine. Il n'aimait pas la façon dont elle souriait en le regardant.

– Puisque je te dis que ce n'était pas ma faute, dit-il, exaspéré. Arrête de te moquer de moi !

EXTRAIT

Jennie éclata de rire :

– Désolée ! Mais c'était trop drôle. Ton père devrait faire des films comiques et t'engager pour le premier rôle.

– Ha-ha-ha, répondit Jake en faisant la moue. Tu en as d'autres comme ça ?

Ils arrivèrent devant les tables du buffet. Jennie retrouva son sérieux. Elle regarda Jake avec tendresse. C'était ce que Jake aimait chez elle. C'était une fille sympa. Même quand elle se moquait, cela ne durait pas longtemps. Et elle ne cherchait jamais à se rendre intéressante, contrairement à beaucoup d'enfants de Hollywood.

– Ça ne t'énerve pas, parfois, d'avoir un père aussi célèbre ? demanda-t-elle. Ce doit être affreux d'être le fils du Roi de la terreur !

– Tu l'as dit ! répondit Jake en enfournant une aile de poulet. Remarque, ça a quand même des bons côtés… Par exemple, je vois les films avant tout le monde. C'est plutôt chouette, non ?

– Bof ! fit Jennie.

Jake réfléchit encore :

– Des tas de gens célèbres viennent à la maison. L'autre jour, j'ai discuté avec Brad Pitt. Pas mal, hein ?

Il finit son poulet et prit une pleine poignée de chips.

EXTRAIT

– Mais ce qui me met vraiment de mauvais poil, ajouta-t-il, c'est que tout le monde me pose la même question idiote : « Est-ce que les films de ton père te font peur ? » Un jour, je finirai par m'énerver.

Jennie lui demanda tout en mâchant une demi-carotte :

– Je peux t'en poser une, de question ? Une sérieuse.

– Oui, laquelle ?

– Est-ce que les films de ton père te font peur ?

Elle éclata de rire. Jake jeta ses chips et porta ses mains au cou de sa camarade en faisant mine de l'étrangler. Elle l'avait bien eu !

– Je te jure que c'est une question sérieuse, insista-t-elle. Que veux-tu que les gens te demandent ? Ton père est le Roi de la…

– Je n'ai pas plus peur que n'importe qui, la coupa Jake. Que lui, par exemple. Mais il ne me croit pas. Tu sais pourquoi il m'emmène sur les tournages ? Pour me montrer que les films d'horreur ne sont pas vrais. Que tout cela est inventé. Que la peur, c'est dans la tête.

Il soupira avant d'ajouter :

– Sauf que, moi, je n'ai pas peur ! Jamais ! Rien ne me fait peur !

À cet instant quelqu'un lui tapota l'épaule.

Il se retourna… et poussa un cri de terreur.

EXTRAIT

Derrière Jake et Jennie se tenait Johnny l'étrangleur, le zombie le plus célèbre de l'histoire du cinéma. Il était la vedette de « L'école de la peur », la série à succès d'Edward Banyon, et son visage terrifiant était connu dans le monde entier.

Du haut de son mètre quatre-vingt-dix, maigre comme un squelette, Johnny dévisageait les deux enfants de ses yeux gris métallique. Des cheveux noirs et filandreux encadraient sa figure à moitié décomposée. Il souriait, découvrant des dents jaunes et pourries. Il avait un énorme trou à la place d'une des joues, et l'os de son menton était à vif.

Il ôta sa main de l'épaule de Jake. Ses ongles étaient crochus comme les serres d'un vautour.

– Salut, Jake, dit-il d'une voix étonnamment douce, excuse-moi de t'avoir fait peur. Je voulais simplement savoir si tout allait bien.

– T… tu ne m'as pas fait peur, rétorqua le garçon en rougissant jusqu'aux oreilles.

Jamais il ne s'était senti aussi embarrassé. Jennie plissa les yeux :

– Tu as hurlé comme un possédé, et tu oses prétendre que tu n'as pas eu peur ?

– Parfaitement, insista Jake. J'ai juste voulu pousser le cri des victimes de Johnny l'étrangleur dans la série. C'est une sorte de code chez les membres de son fan-club.

Johnny eut un sourire en coin. Jennie, elle, fronça les sourcils :

– Oui, c'est ça ! Si tu n'as pas eu peur, moi, je suis la reine d'Angleterre !

– Comment veux-tu que Johnny l'étrangleur me fasse peur ? s'obstina Jake. Je le vois du matin au soir pendant les tournages.

Jennie comprit que son ami était trop fier pour avouer. Elle soupira.

Johnny s'empara d'un sandwich et mordit dedans à pleines dents. Il dit, la bouche pleine :

– Il faut que je retourne sur le plateau, sinon, ton père va me tuer. On n'a toujours pas fini cette maudite scène. À plus tard !

Après le tournage, Edward conduisit Jake et Jennie dans sa villa de Beverly Hills. Jake adorait monter dans la somptueuse Mercedes noire de son père. Il se tourna vers Jennie :

– C'est chouette, une grosse voiture, non ?

– Oui, pas mal, répondit-elle. Mais je préfère les nouvelles Volkswagen, les petites. Elles sont si mignonnes !

Jake avait invité Jennie à dîner. Il le regretta dès le début du repas.

– Qu'est-ce que tu nous as fait préparer, ce soir, Vicky ? demanda Edward en embrassant sa femme sur la joue.

La mère de Jake était une femme menue aux cheveux blonds, courts et bouclés. Elle avait de grands yeux d'un bleu limpide, qui semblaient vous transpercer quand elle vous regardait. Avant la naissance de Jake, elle avait été mannequin. Quand son mari était devenu célèbre grâce à « L'école de la peur », elle avait abandonné sa carrière.

– J'ai commandé un poulet rôti et de la salade de pommes de terre, répondit-elle. Le cuisinier est de sortie aujourd'hui.

– Du poulet rôti pour une poule mouillée ! plaisanta Edward en jetant un regard à son fils.

– Viens te mettre à table, dit sèchement celui-ci en entraînant Jennie dans la salle à manger.

La soirée commençait plutôt mal.

EXTRAIT

– Comment s'est passé le tournage ? se renseigna Mme Banyon quand tout le monde fut assis.

– Très bien, s'empressa de répondre Jake.

– Je me suis beaucoup amusée, renchérit Jennie en se servant un blanc de poulet.

– Tout allait bien, compléta Edward, jusqu'à ce que ton froussard de fils fasse tout rater.

Jake devint blême :

– Je n'ai rien fait rater du tout !

– La scène qu'on tournait devait vraiment être bonne, poursuivit son père, imperturbable. Jake a eu la peur de sa vie. Il en est tombé de sa chaise !

– C'est faux ! s'écria le garçon, rouge de colère. Archifaux !

Il s'était levé d'un bond. À côté de lui, Jennie riait de bon cœur.

« Tu parles d'une copine ! » pensa-t-il.

– Jake, rassieds-toi, lui enjoignit sa mère avec douceur. Où est passé ton sens de l'humour ?

Jake obéit en maugréant.

– Je t'ai déjà expliqué cent fois qu'avoir peur n'était pas un problème, intervint Edward. La plupart des gens adorent ça... heureusement !

– Sauf que, moi, je n'ai pas eu peur, répéta Jake.

– Tiens, sers-toi du poulet, dit son père en lui tendant le plateau.

EXTRAIT

– C'était la première fois que je rencontrais l'acteur qui joue Johnny l'étrangleur, intervint Jennie. Il est vraiment très sympathique.

– Et il a beaucoup de talent, ajouta Edward sans quitter Jake des yeux.

Ce dernier avait saisi le plateau et s'apprêtait à planter sa fourchette dans le morceau de son choix. Soudain, il poussa un cri de dégoût : un œil énorme le dévisageait. Un œil humide et jaunâtre, constellé de petites veines rouges. Il lâcha le plateau. Son père éclata d'un rire bruyant :

– Ha ! ha ! Je t'ai bien eu ! Si tu voyais ta tête !

– Edward..., commença Jake.

Jennie rit à son tour. Mme Banyon hocha la tête.

– Edward, je... je n'ai pas eu peur, bredouilla Jake. Le coup de l'œil en plastique, tu me l'as fait des dizaines de fois.

Mais son père ne se calmait pas. D'un geste rageur, Jake s'empara de l'œil visqueux et visa son père. Mme Banyon eut tout juste le temps de lui attraper la main.

– Edward ! dit-elle sèchement. Pourquoi t'obstines-tu à effrayer cet enfant ? Pour te prouver que tu es le Roi de la terreur même en famille ?

M. Banyon redevint aussitôt sérieux.

– Non, répondit-il. Bien sûr que non.

– Alors, pourquoi ? insista sa femme.

EXTRAIT

– Je veux tout simplement que Jake admette que, parfois, il a peur. La peur est un sentiment naturel. Il se fait du mal en la refusant.

– Mais je n'ai PAS peur ! explosa Jake. Tes films ne me font pas peur !

Un lourd silence s'installa autour de la table.

– Une chose m'effraie, moi, finit par avouer Jennie. Le fait, justement, de n'avoir jamais peur. C'est vrai : je n'ai pas peur du noir, les films d'horreur me laissent indifférente. Je n'ai jamais de cauchemars. Rien. Parfois je me demande si je suis normale.

– Parlons d'autre chose, intervint Mme Banyon en voyant que son fils était à bout. Alors, ce tournoi de basket de samedi ? Tu y participes, n'est-ce pas ?

Jake hocha la tête en silence. Il s'était mis à réfléchir. De toutes ses forces. Il fallait absolument qu'il prouve à son père qu'il n'était pas une poule mouillée. Ou, du moins, qu'il n'était pas plus peureux que la normale.

La seule question était : comment faire ?

EXTRAIT

En dribblant, Jake donna un léger coup d'épaule à son ami Carlos Manza ; il se dirigea lestement vers le panier, visa... et rata son tir. La balle rebondit contre le panneau en bois et retomba dans les mains de Carlos.

– Bravo ! dit ce dernier en riant.

– Je suis encore en train de m'échauffer, s'excusa Jake.

Carlos dribbla à son tour, dans l'autre sens. Arrivé au milieu du terrain, il lança la balle... qui manqua le panier, sortit du terrain et roula droit vers la piscine.

– Moi aussi, je m'échauffe, commenta Carlos avec un grand sourire.

Il était un peu plus petit que Jake, mais mieux bâti. Ses cheveux bruns, rasés sur les côtés, se hérissaient sur le sommet du crâne. Ses yeux noirs pétillaient de malice. Il donnait toujours l'impression de rire. Il portait un short large et un T-shirt rouge qui lui descendait presque aux genoux. Ses baskets étaient flambant neuves. Elles avaient des bandes fluorescentes qui brillaient au soleil.

Jake alla chercher la balle, retourna sur le terrain — le court de tennis de son père, reconverti en terrain de basket — et se remit à dribbler. Carlos et lui s'entraînaient, à un contre un, dans le jardin des Banyon.

Edward ne ratait jamais une occasion de raconter à son fils comment il avait grandi dans les rues de New York en jouant au basket à longueur de journée. Dès qu'il le pouvait, il jouait avec son fils. Dans ces moments-là, Jake devait faire preuve de concentration, de souplesse et de rapidité. Son père était un ancien champion de son université. Et comme il détestait perdre, il ne faisait aucun cadeau à son fils.

Jouer contre Carlos était beaucoup plus facile. D'abord, parce que Carlos était un garçon décontracté, qui jouait pour s'amuser, et ensuite parce que tous deux étaient à peu près au même niveau.

– Tu viens dîner chez moi, ce soir ? proposa Carlos en récupérant le ballon des mains de Jake.

– D'accord. Et on regardera une vidéo ? répondit Jake tout en essayant de le contrer.

EXTRAIT

Carlos le contourna avec agilité, dribbla jusqu'au panier et marqua son premier point.

Jake adorait aller chez les Manza. Ils avaient un salon entièrement réservé à la télévision, avec un écran géant, le son digital, et deux magnétoscopes ultra perfectionnés. Mais, surtout, M. Manza avait une impressionnante collection de films d'horreur. Les préférés de Jake et de Carlos étaient *La fiancée de Frankenstein* et *La nuit des morts vivants*, de vieux films en noir et blanc. Ils les connaissaient par cœur. Mais, à chaque fois qu'ils les voyaient, ils ne pouvaient s'empêcher de hurler de terreur.

Découvre vite la suite de cette histoire
dans

Cauchemars en série

N° 58 de la série

Chair de poule®

Chair de poule®

1. La malédiction de la momie
2. La nuit des pantins
3. Dangereuses photos
4. Prisonniers du miroir
5. Méfiez-vous des abeilles !
6. La maison des morts
7. Baignade interdite
8. Le fantôme de la plage
10. La colo de la peur
11. Le masque hanté
14. Le pantin maléfique
15. L'attaque du mutant
16. Le fantôme d'à côté
17. Sous-sol interdit
18. La tour de la terreur
21. Terreur sous l'évier
22. La colère de la momie
24. L'horloge maudite
27. Comment ma tête a rétréci
28. La rue maudite
29. Le fantôme décapité
30. Alerte aux chiens
31. Photos de malheur
32. Les fantômes de la colo
33. La menace de la forêt
34. Comment tuer un monstre ?
35. Le coup du lapin
36. Jeux de monstres
37. Nuits de cauchemar
38. Des appels monstrueux
41. Le mangeur d'hommes
45. Danger, chat méchant !
46. La bête de la cave
47. L'école hantée
49. Terrible internat
50. La peau du loup-garou
51. Le jumeau diabolique
52. Un film d'horreur
53. L'attaque des spectres
55. L'invasion des extraterrestres, I
57. Le manoir de la terreur
60. Un loup-garou dans la maison !
62. Retour au parc de l'Horreur
67. La voiture hantée
69. Kidnappés dans l'espace !
70. L'attaque des œufs de mars
72. Les vacances de l'angoisse
73. La nuit des disparitions
74. Le fantôme du miroir

Imprimé en Espagne par Novoprint